NADANDO DE
VOLTA PARA CASA

Deborah Levy

NADANDO DE VOLTA PARA CASA

Tradução de
LÉA VIVEIROS DE CASTRO

Título original
SWIMMING HOME

Copyright © 2011 *by* Deborah Levy

Esta é uma obra de ficção. Nomes, personagens, estabelecimentos comerciais, organizações, lugares e acontecimentos são produtos da imaginação da autora, foram usados de forma ficcional. Qualquer semelhança com pessoas reais, vivas ou não, acontecimentos ou localidades é mera coincidência.

Todos os direitos reservados. Nenhuma parte deste livro pode ser reproduzida no todo ou em parte sem autorização, por escrito, do editor.

O direito moral da autora foi assegurado.

Direitos para a língua portuguesa reservados
com exclusividade para o Brasil à
EDITORA ROCCO LTDA.
Av. Presidente Wilson, 231 – 8º andar
20030-021 – Rio de Janeiro – RJ
Tel.: (21) 3525-2000 – Fax: (21) 3525-2001
rocco@rocco.com.br
www.rocco.com.br

Printed in Brazil/Impresso no Brasil

CIP-Brasil. Catalogação na fonte.
Sindicato Nacional dos Editores de Livros, RJ.

L65n Levy, Deborah
Nadando de volta para casa / Deborah Levy; tradução de Léa Viveiros de Castro. — 1ª ed. — Rio de Janeiro: Rocco, 2014.

Tradução de: Swimming home.
ISBN 978-85-325-2922-0

1. Romance inglês. I. Castro, Léa Viveiros de. II. Título.

14-11958
CDD-823
CDU-821.111-3

Para Sadie e Leila, tão queridas, sempre.

"De manhã, em todas as famílias, homens, mulheres e crianças, *se não tiverem nada melhor para fazer*, contam seus sonhos uns para os outros. Nós estamos todos à mercê dos sonhos e temos obrigação para conosco de testar sua força no estado de vigília."

— *La Révolution surréaliste*, Nº 1, dezembro 1924.

ALPES MARÍTIMOS
FRANÇA
JULHO DE 1994

UMA ESTRADA NA MONTANHA.
MEIA-NOITE.

Quando Kitty Finch tirou a mão do volante e lhe disse que o amava, ele não soube mais se ela o estava ameaçando ou conversando com ele. O vestido de seda escorregava dos ombros conforme ela se inclinava sobre o volante. Um coelho atravessou a estrada e o carro deu uma guinada. Ele se ouviu dizendo:

— Por que você não prepara uma mochila e vai ver os campos de papoula no Paquistão, como disse que tinha vontade?

— Está bem — respondeu ela.

Ele sentiu cheiro de gasolina. As mãos dela mergulharam sobre o volante como as gaivotas que eles tinham contado do quarto do Hotel Negresco duas horas antes.

Ela lhe pediu que abrisse a janela para poder ouvir os insetos chamando uns aos outros na floresta. Ele baixou o vidro e pediu a ela, delicadamente, que mantivesse os olhos na estrada.

— Está bem — ela tornou a dizer, os olhos de volta na estrada. E então ela lhe disse que as noites eram sempre "suaves" na Riviera Francesa. Os dias eram árduos e cheiravam a dinheiro.

Ele pôs a cabeça para fora da janela e sentiu o ar frio da montanha queimar os seus lábios. Humanos primitivos um dia habitaram a floresta, que agora era uma estrada. Eles sabiam que o passado pulsava em rochas e árvores, e sabiam que o desejo os deixava desajeitados, loucos, misteriosos, confusos.

Ter tido um relacionamento tão íntimo com Kitty Finch havia sido um prazer, um sofrimento, um choque, uma experiência, mas, acima de tudo, um erro. Ele tornou a pedir a ela que, por favor, por favor, por favor o levasse de volta para casa são e salvo, para junto da esposa e da filha.

— Está bem — concordou ela. — A vida só é digna de ser vivida porque temos esperança de que vai melhorar e de que vamos chegar em casa sãos e salvos.

SÁBADO

VIDA SELVAGEM

A piscina no terreno da casa de veraneio parecia mais um tanque do que as lânguidas piscinas azuis dos fôlderes de turismo. Um tanque retangular, feito de pedras por uma família de escultores italianos morando em Antibes. O corpo flutuava perto da extremidade mais funda, onde uma fileira de pinheiros mantinha a água fria com sua sombra.

— É um urso? — Joe Jacobs apontou vagamente na direção da água. Ele podia sentir o calor do sol atravessando a camisa que seu alfaiate hindu havia feito para ele com um tecido de seda pura. Suas costas estavam pegando fogo. Até as estradas estavam derretendo na onda de calor de julho.

A filha dele, Nina Jacobs, de catorze anos, parada na beira da piscina com seu novo biquíni estampado de cerejas, olhou com ansiedade para a mãe. Isabel Jacobs estava abrindo o zíper do seu jeans como se estivesse prestes a mergulhar. Ao mesmo tempo, ela podia ver Mitchell e Laura, dois amigos da família que estavam dividindo a casa com eles durante o verão, largar suas canecas de chá e caminhar na direção dos degraus de pedra que iam dar na parte rasa. Laura, uma gigante magra de um metro e noventa, chutou as sandálias e entrou na água até a altura dos joelhos. Um velho colchão de ar amarelo bateu na lateral musgosa, espalhando as abelhas que agonizavam na água.

— O que você acha que é, Isabel?

De onde estava, Nina podia ver que era uma mulher nadando nua debaixo d'água. Ela estava de bruços, ambos os braços esticados como uma estrela do mar, o longo cabelo flutuando como algas de ambos os lados do corpo.

— Jozef acha que é um urso — respondeu Isabel Jacobs com sua voz indiferente de correspondente de guerra.

— Se for um urso, vamos ter que matá-lo. — Mitchell comprara recentemente duas antigas pistolas persas num brechó em Nice, e tinha em mente atirar em coisas.

Na véspera, eles todos haviam comentado uma notícia de jornal a respeito de um urso de noventa e quatro quilos que descera das montanhas em Los Angeles e dera um mergulho na piscina de um ator de Hollywood. O urso estava no cio, de acordo com o Los Angeles Animal Services. O ator havia chamado as autoridades. O urso levou um tiro de tranquilizante e em seguida foi solto nas montanhas. Joe Jacobs refletira em voz alta como seria estar sob o efeito de um tranquilizante e ter que cambalear até em casa. Será que ele chegou em casa? Será que ficou tonto e esquecido e começou a ter alucinações? Talvez o calmante dentro do dardo, também chamado de "captura química", tivesse feito as pernas do urso tremer e falsear. Será que o calmante ajudara o urso a enfrentar os eventos estressantes da vida, acalmando sua mente agitada e fazendo com que ele agora pedisse às autoridades que lhe jogassem pequenos animais injetados com sedativos? Joe só interrompeu esta lenga-lenga quando Mitchell pisou no dedão dele. Na opinião de Mitchell, era muito, muito difícil fazer com que este poeta babaca, conhecido por seus leitores como JHJ (Joe para todo mundo exceto para sua esposa), calasse a boca.

Nina viu a mãe mergulhar na água verde-escura e nadar na direção da mulher. Salvar a vida de corpos inchados flutuando em rios era, provavelmente, o tipo de coisa que a mãe fazia o tempo todo. Aparentemente, a audiência da televisão sempre aumentava quando ela estava no noticiário. Sua mãe desapareceu no norte da Irlanda, no Líbano e no Kuwait, e depois voltou como se tivesse apenas dado uma saidinha para comprar um litro de leite. A mão de Isabel Jacobs estava prestes a agarrar o tornozelo de quem quer que estivesse boiando na piscina. Uma agitação violenta fez Nina correr para o pai, que segurou com força seu ombro queimado de sol, fazendo-a soltar um grito de dor. Quando uma cabeça emergiu da água, com a boca aberta, sorvendo o ar, por um segundo ela pensou aterrorizada que fosse ouvir o urro de um urso.

Uma mulher com cabelos compridos até a cintura saiu da piscina e correu para uma das espreguiçadeiras de plástico. Parecia ter vinte e poucos anos, mas era difícil afirmar porque ela pulava histericamente de uma cadeira para outra, procurando seu vestido. Ele havia caído no chão de pedra, mas ninguém a ajudou porque estavam todos olhando boquiabertos para seu corpo nu. Nina sentiu uma tonteira naquele calor infernal. O cheiro agridoce de lavanda entrou por suas narinas, sufocando-a, enquanto o som da respiração ofegante da mulher se misturava ao zumbido das abelhas nas flores murchas. Ocorreu-lhe que ela pudesse estar com insolação, porque parecia que ia desmaiar. Num borrão, ela viu que os seios da mulher eram surpreendentemente grandes e redondos para uma pessoa tão magra. As coxas longas se encaixavam nas articulações salientes dos quadris como as pernas das bonecas que ela costumava dobrar e torcer quando era criança. A única coisa que parecia real na mulher era o triângulo de pelos dourados brilhando no sol. A visão dele fez Nina cruzar os braços no peito e curvar as costas numa tentativa de fazer o próprio corpo desaparecer.

— Seu vestido está ali — apontou Joe Jacobs para a pilha de algodão azul debaixo da espreguiçadeira. Eles a encararam por um tempo embaraçosamente longo. A mulher pegou o vestido e o enfiou rapidamente pela cabeça.

— Obrigada. Aliás, eu sou Kitty Finch.

O que ela realmente disse foi eu sou Kah Kah Kah, e gaguejou um bocado até conseguir dizer Kitty Finch. Todo mundo ficou impaciente com o tempo que levou para dizer quem era.

Nina viu que a mãe ainda estava na piscina. Quando ela subiu os degraus de pedra, seu maiô molhado estava coberto de agulhas prateadas de pinheiro.

— Eu sou Isabel. Meu marido achou que você fosse um urso.

Joe Jacobs torceu a boca num esforço para não rir.

— É claro que eu não achei que ela fosse um urso.

Os olhos de Kitty Finch eram cinzentos como os vidros pintados no carro alugado de Mitchell, uma Mercedes, estacionada em frente à casa.

— Espero que não se importem por eu estar usando a piscina. Acabei de chegar e está tããão quente. Houve uma confusão de datas no aluguel.

— Que tipo de confusão? — Laura olhou zangada para a jovem mulher, como se tivesse acabado de receber uma multa de trânsito.

— Bem, eu achei que ficaria aqui por quinze dias a partir deste sábado. Mas o caseiro...

— Se é que se pode chamar de caseiro um filho da mãe preguiçoso e drogado como o Jurgen. — A simples menção do nome de Jurgen fez Mitchell começar a suar de raiva.

— Sim. Jurgen disse que eu me enganei com as datas e que agora vou perder o meu depósito.

Jurgen era um hippie alemão que nunca falava nada certo. Descrevia a si mesmo como sendo um "naturalista" e estava sempre com o nariz enfiado em *Siddharta*, de Hermann Hesse.

Mitchell sacudiu o dedo para ela.

— Há coisas piores do que perder o seu depósito. Nós íamos sedar você e levá-la para as montanhas.

Kitty Finch levantou o pé esquerdo e arrancou lentamente um espinho da sola. Seus olhos cinzentos buscaram Nina, que ainda estava escondida atrás do pai. E então ela sorriu.

— Eu gosto do seu biquíni. — Seus dentes da frente eram tortos, engatados um no outro, e o cabelo estava secando e formando cachos cor de cobre. — Como é o seu nome?

— Nina.

— Você acha que eu me pareço com um urso, Nina? — Ela fechou a mão esquerda como se fosse uma pata e a levantou na direção do céu azul sem nuvens. Suas unhas estavam pintadas de verde-escuro.

Nina sacudiu a cabeça e, então, engoliu a saliva do jeito errado e começou a tossir. Todo mundo se sentou. Mitchell na feia cadeira azul porque era o mais gordo e a cadeira, a maior de todas; Laura na cadeira de vime cor-de-rosa; Isabel e Joe nas duas espreguiçadeiras de plástico. Nina se empoleirou na ponta da cadeira do pai e brincou com os cinco anéis de prata de dedo de pé que Jurgen lhe dera naquela manhã. Todos eles tinham um lugar à sombra, exceto Kitty Finch, que estava agachada nas pedras quentes do chão.

— Você não tem onde sentar. Vou buscar uma cadeira para você. — Isabel torce as pontas do seu cabelo preto molhado. Gotas d'água brilham em seus ombros e depois escorrem como uma cobra pelo braço.

Kitty sacudiu a cabeça e enrubesceu.

— Ah, não se incomode. Pah pah por favor. Eu só estou esperando Jurgen voltar com o nome de um hotel para mim e então vou embora.

— É claro que você precisa sentar.

Laura, intrigada e inquieta, viu Isabel arrastar uma pesada cadeira de madeira cheia de poeira e teias de aranha na direção da piscina. Havia coisas no caminho. Um balde vermelho. Um vaso de planta quebrado. Dois guarda-sóis de lona presos em blocos de concreto. Ninguém a ajudou porque não sabia ao certo o que ela estava fazendo. Isabel, que havia prendido o cabelo molhado com um pregador no formato de um lírio, estava colocando a cadeira de madeira entre sua espreguiçadeira e a do marido.

Kitty Finch olhou nervosamente para Isabel e depois para Joe, como se não conseguisse saber se estavam lhe oferecendo uma cadeira ou obrigando-a a se sentar nela. Ela limpou as teias de aranha com a saia do vestido por um tempo longo demais e finalmente se sentou. Laura cruzou as mãos no colo como se estivesse se preparando para entrevistar um candidato a emprego.

— Você já esteve aqui antes?

— Sim, eu venho aqui há anos.

— Você trabalha? — Mitchell cuspiu o caroço de uma azeitona numa tigela.

— Eu meio que trabalho. Sou botânica.

Joe esfregou o pequeno corte de gilete em seu queixo e sorriu para ela.

— Existem belas palavras esquisitas na sua profissão.

A voz dele foi surpreendentemente gentil, como se tivesse intuído que Kitty Finch estava ofendida com o modo com que Laura e Mitchell a interrogavam.

— É. Joe gosta de palavras es-qui-si-tas porque é um poeta.

— Mitchell disse "esquisitas" como se estivesse imitando um aristocrata abobalhado.

Joe se inclinou para trás na cadeira e fechou os olhos.

— Ignore-o, Kitty. — Ele falou como se tivesse sido extremamente ofendido. — Tudo é es-qui-si-to para Mitchell. O estranho é que isso o faz sentir-se superior.

Mitchell enfiou cinco azeitonas na boca, uma atrás da outra, e depois cuspiu os caroços na direção de Joe como se fossem pequenas balas de um de seus revólveres mais insignificantes.

— Então, enquanto isso — Joe se inclinou para a frente —, talvez você pudesse nos dizer o que sabe sobre cotilédones?

— Certo. — Kitty piscou o olho direito para Nina quando disse "certo". — Cotilédones são as primeiras folhas numa plantinha. — Sua gagueira parecia ter desaparecido.

— Correto. E agora a minha palavra favorita... Como você descreveria uma folha?

— Kitty — disse Laura severamente —, existem dezenas de hotéis, então é melhor você ir procurar um.

Quando Jurgen finalmente entrou pelo portão, os cachos grisalhos amarrados num rabo de cavalo, ele disse que todos os hotéis da cidade estavam cheios até quinta-feira. — Então você tem que ficar até quinta-feira. — Isabel disse isso vagamente, como se não acreditasse realmente no que estava dizendo. — Acho que tem um quarto sobrando nos fundos da casa.

Kitty franziu a testa e se recostou na cadeira.

— Bem, sim. Obrigada. Todos concordam? Por favor, se isso os incomodar, digam.

Pareceu a Nina que ela estava pedindo que eles se incomodassem. Kitty Finch estava enrubescendo e encolhendo os dedos dos pés ao mesmo tempo. Nina sentiu o próprio coração disparar. Ele ficara histérico, martelando no peito. Ela olhou para Laura e viu que ela torcia as mãos. Laura estava prestes a dizer que se incomodava. Ela e Mitchell tinham fechado sua loja em Euston por todo o verão, sabendo que as vitrines que haviam sido quebradas por ladrões e viciados em drogas pelo menos três vezes naquele ano iam ser quebradas de novo quando as férias deles acabassem. Eles tinham ido para os Alpes Marítimos para fugir da futilidade de consertar vidraças quebradas. Ela se viu lutando para achar as palavras. A jovem era uma janela esperando ser arrombada. Uma janela que ela supunha que já estivesse um pouco quebrada. Ela não podia ter certeza disto, mas tinha a impressão de que Joe Jacobs já enfiara o pé na abertura e sua esposa o ajudara. Ela pigarreou e estava prestes a falar, mas o que lhe passava pela mente era tão indizível que o administrador hippie falou antes.

— Então, Kitty Ket, quer que eu leve as malas para o seu quarto?

Todo mundo olhou para onde Jurgen estava apontando com o dedo manchado de nicotina. Duas sacolas de lona azul estavam no chão à direita das portas francesas da casa.

— Obrigada, Jurgen. — Kitty despachou-o como se ele fosse seu criado pessoal.

Ele se inclinou e pegou as malas.

— Que ervas são estas? — Ele ergueu um emaranhado de plantas que havia sido enfiado na segunda sacola azul.

— Ah. Encontrei isso no cemitério ao lado do café do Claude.

Jurgen pareceu impressionado.

— Você vai ter que chamar isto de planta Kitty Ket. Trata-se de um fato histórico. Caçadores de plantas costumam chamar as plantas que encontram com seus próprios nomes.

— É. — Ela fitou os olhos escuros de Joe Jacobs como que para dizer "o nome especial de Jurgen para mim é Kitty Ket".

Isabel foi até a beira da piscina e mergulhou. Enquanto nadava debaixo d'água, os braços esticados na frente da cabeça, ela viu seu relógio caído no fundo da piscina. Ela desceu e o tirou dos ladrilhos verdes. Quando voltou à superfície, viu a inglesa idosa que morava na casa ao lado acenando da varanda. Ela acenou de volta e então percebeu que Madeleine Sheridan estava acenando para Mitchell, que estava chamando o nome dela.

INTERPRETANDO UM SORRISO

— Madel-eene!

Era o homem gordo que gostava de armas chamando por ela. Madeleine Sheridan levantou o braço artrítico e, de sua cadeira de vime, acenou com dois dedos. Seu corpo se tornara uma soma de partes defeituosas. Na faculdade de medicina, ela aprendera que tinha vinte e sete ossos em cada mão, oito só no pulso, cinco na palma da mão. Seus dedos eram ricos em terminações nervosas, mas agora o simples fato de mexer dois deles era um esforço.

Ela queria lembrar a Jurgen, que viu levando a bagagem de Kitty para o interior da casa, que dentro de seis dias seria aniversário dela, mas estava relutante em dar a impressão de estar implorando pela companhia dele na frente dos turistas ingleses. Talvez ela já tivesse morrido e estivesse assistindo ao drama da chegada da moça do Outro Lado? Quatro meses antes, em março, quando Kitty Finch estava hospedada sozinha na casa (aparentemente para estudar plantas das montanhas), ela havia informado a Madeleine Sheridan que uma brisa ajudaria os tomates dela a desenvolver hastes mais fortes e se ofereceu para podar as folhas para ela. Ela começou a fazer isso, mas ficou o tempo todo murmurando para si mesma, pah pah pah, kah kah kah, consoantes que produziam sons duros em seus lábios. Madeleine Sheridan, que acreditava que os seres humanos tinham que passar por dificuldades reais antes de enlouquecer, disse a ela numa voz severa que parasse com aquele barulho. Parasse com aquilo imediatamente. Hoje era sábado e o barulho voltara da França para atormentá-la. Ele havia até sido convidado a ficar na casa.

— Madel-eene, eu estou preparando uma carne esta noite. Por que você não vem jantar conosco? Ela mal conseguiu enxergar o alto da careca de Mitchell quando olhou para ele contra o sol. Madeleine Sheridan, que gostava bastante de carne e geralmente se sentia solitária à noite, imaginou se teria coragem de recusar o convite de Mitchell. Achou que sim. Quando casais oferecem abrigo ou uma refeição para reclusos e solitários, eles não os acolhem realmente. Eles brincam com eles. Representam para eles. E quando terminam, eles dizem ao convidado solitário, de várias maneiras dissimuladas, que está na hora de ir embora. Casais estavam sempre loucos para voltar à tarefa de tentar destruir seus parceiros enquanto fingiam estar agindo para o bem deles. Um convidado solitário era uma mera distração dessa tarefa.

— Madel-eene.
Mitchell parecia mais ansioso do que de costume. Ontem ele disse a ela que tinha visto Keith Richards tomando uma Pepsi em Villefranche-sur-Mer e ficou louco para pedir o autógrafo dele. Por fim, não o fizera porque, em suas próprias palavras, "O babaca do poeta estava comigo e ameaçou me dar uma cabeçada por eu ser normal".
Mitchell, com seus braços balofos e vermelhos como camarão, a divertia quando dizia tristemente que Joe Jacobs não era o tipo de poeta que contemplava a lua e não tinha tônus muscular. Ele provavelmente conseguia levantar um guarda-roupa com os dentes. Especialmente se houvesse uma bela mulher lá dentro. Quando os turistas ingleses chegaram duas semanas antes, Joe Jacobs (JHJ nos livros dele, mas ela nunca tinha ouvido falar nele) bateu na porta dela para pedir um pouco de sal. Ele estava

usando um terno de inverno no dia mais quente do ano e, quando ela comentou isso, ele disse que era aniversário da irmã dele e que sempre usava um terno nesse dia para demonstrar respeito.

Isto a perturbou, porque seu próprio aniversário não lhe saía da cabeça. O terno dele parecia mais apropriado para um enterro, mas ele foi tão charmoso e atencioso que ela perguntou se gostaria de experimentar a sopa de amêndoas Andalucían que ela havia preparado mais cedo. Quando ele murmurou "Quanta gentileza, minha cara", ela serviu uma quantidade generosa numa de suas tigelas de cerâmica favoritas e o convidou para tomá-la em sua varanda. Algo terrível aconteceu. Ele provou a sopa e alguma coisa ficou presa em seus dentes, e ele então descobriu que era um fio de cabelo dela. Um fiapo de cabelo grisalho de algum modo caíra dentro da tigela. Ele ficou extremamente aflito, embora ela pedisse desculpas, sem conseguir entender como tinha ido parar lá. As mãos dele estavam literalmente tremendo e ele empurrou a tigela com tanta força que a sopa derramou no seu ridículo terno listrado, o paletó forrado de seda cor-de-rosa. Ela imaginava que um poeta se comportaria melhor. Ele poderia ter dito, "Sua sopa foi como beber uma nuvem".

— Madel-eeene.

Mitchell não conseguia nem dizer o nome dela direito. Possivelmente por ter, ele mesmo, um nome tão ridículo. A ideia de ter que morar com Kitty Finch o deixara obviamente em pânico, e ela não estava surpresa com isso. Ela semicerrou os olhos, apreciando a visão de seus feios pés descalços. Era um prazer muito grande não usar meias e sapatos. Mesmo depois de estar morando na França há quinze anos, arrancada como ela foi do seu país natal e de sua primeira língua, era o prazer de andar descalça que ela mais apreciava. Podia viver sem um pedaço da carne suculenta de Mitchell. E ela seria insanamente corajosa em arriscar uma noite na companhia de Kitty Finch, que estava fingindo que não a tinha visto. Neste exato momento, ela estava recolhendo pinhas da piscina com Nina Jacobs como se sua vida dependesse disso. Não havia nenhuma chance de Madeleine Sheridan, seis dias antes de completar oitenta anos, se comportar como uma velha e digna senhora na mesa de jantar da casa de veraneio de turistas. A mesma mesa que Jurgen tinha comprado no brechó e encerado e polido com cera de abelha e parafina. E mais ainda, que ele tinha polido só de cuecas por causa do calor. Ela tivera que desviar os olhos do seu corpo suado usando o que ela delicadamente chamou de "roupa de baixo".

Uma águia voava no céu. Tinha visto os camundongos que corriam pela grama crescida do pomar.

Ela se desculpou com Mitchell, mas ele não pareceu tê-la escutado. Ele estava observando Joe Jacobs entrar em casa para procurar um chapéu. Kitty Finch ia aparentemente levar o poeta inglês para um passeio e mostrar a ele algumas flores. Madeleine Sheridan não podia ter certeza disto, mas achou que a garota doida com seu halo de cabelo vermelho brilhando ao sol estava sorrindo para ela.

Para usar a linguagem de correspondente de guerra, que, sabia, era o que Isabel Jacobs era, ela teria que dizer que Kitty Finch estava sorrindo para ela com intenções hostis.

A LIÇÃO DE BOTÂNICA

Havia placas por toda parte dizendo que o pomar era propriedade privada, mas Kitty insistiu que conhecia o fazendeiro e que ninguém ia pôr os cachorros atrás deles. Nos últimos vinte minutos, ela estava apontando para árvores que, em sua opinião, "não estavam indo muito bem".

— Você só nota as árvores que sofrem? — Joe Jacobs protegeu os olhos com as mãos, que estavam cobertas de picadas de mosquito, e fitou seus brilhantes olhos cinzentos.

— Acho que sim.

Ele estava convencido de que ouvira um animal rosnando na grama e disse a ela que parecia ser um cachorro.

— Não se preocupe com os cachorros. O fazendeiro possui 2.000 oliveiras na região de Grasse. Ele está ocupado demais para soltar os cachorros em cima de nós.

— Bem, suponho que tantas oliveiras devam mantê-lo ocupado — resmungou Joe.

Seu cabelo preto já formando cachos grisalhos caía descabelado em volta das orelhas, e o velho chapéu de palha ficava escorregando da cabeça. Kitty teve que correr para pegá-lo.

— Ah, 2.000... não são tantas árvores assim... de jeito nenhum.

Ela se inclinou para olhar para algumas flores silvestres crescendo entre os longos talos de grama que iam até seus joelhos.

— Estas são *Bellis perennis*. — Ela pegou um punhado de algo parecido com pétalas de margarida e enfiou na boca. — As plantas sempre pertencem a algum tipo de família.

Ela enterrou o rosto nas flores que estava segurando e disse-lhe o nome delas em latim. Ele estava impressionado com o modo terno com que ela segurava as flores e falava sobre elas com tanta intimidade, como se fossem realmente uma família com diversos problemas e qualidades fora do comum. E então ela contou a ele que o que mais queria na vida era ver os campos de papoulas no Paquistão.

— Na verdade — confessou ela nervosamente —, eu escrevi um poema sobre isso.

Joe parou de andar. Então era por isso que ela estava ali. Garotas que andavam atrás dele e queriam que lesse os poemas que escreviam — e ele estava convencido agora de que ela era uma delas — sempre começavam lhe dizendo que tinham escrito um poema sobre algo extraordinário. Eles caminharam lado a lado, abrindo uma trilha através da grama alta. Ele esperou que ela falasse, que fizesse o seu pedido, que dissesse o quanto fora influenciada pelo livro dele, que explicasse como tinha conseguido descobrir o paradeiro dele, e então ela pediria que, se ele não se importasse, se tivesse tempo, será que poderia ler aquele pequeno poema inspirado no trabalho dele.

— Então você leu todos os meus livros e agora me seguiu até a França — disse ele asperamente.

Uma nova onda de rubor cobriu o rosto e o longo pescoço da moça.

— Sim. Rita Dwighter, a dona da casa, é amiga da minha mãe. Rita me disse que você tinha reservado a casa para o verão. Ela me deixa ficar na casa de graça fora de estação. Eu não pude ficar porque VOCÊ se se se apossou dela.

— Mas não estamos fora de estação, Kitty. Julho é o que chamam de alta estação, não é?

Ela tinha um sotaque do norte de Londres. Seus dentes da frente eram tortos. Quando não estava gaguejando e enrubescendo, parecia ter sido esculpida em cera numa oficina escura de Veneza. Se era botânica, obviamente não passava muito tempo ao ar livre. Quem quer que a tivesse inventado era inteligente. Ela sabia nadar, e chorar, e ficar ruborizada, e dizer coisas como "se apossou dela".

— Vamos sentar na sombra.

Ele apontou para uma árvore grande cercada de pedras. Um pombo marrom gordo estava empoleirado comicamente num galho fino que parecia prestes a ceder a seu peso.

— Está bem. Aliás, essa é uma aaaamendoeira.

Ele foi na frente, antes de ela terminar a frase, e se sentou, descansando as costas no tronco da árvore. Como ela pareceu relutante em se juntar a ele, deu um tapinha no espaço ao seu lado, afastando os galhinhos e folhas até que ela se sentasse ao seu lado, alisando o vestido desbotado de algodão azul por cima dos joelhos. Ele não podia ouvir, mas podia sentir o coração dela batendo por baixo do tecido fino.

— Quando escrevo poemas, sempre penso que você pode ouvi-los.

Um sino tocou ao longe. Soou como uma cabra pastando em algum lugar do pomar, movendo-se pela grama alta.

— Por que você está tremendo? — Ele sentiu o cheiro de cloro no cabelo dela.

— É. Eu parei de tomar meus comprimidos, então minhas mãos estão um tanto trêmulas.

Kitty chegou um pouco mais perto dele. Ele não entendeu direito o motivo até ver que ela estava evitando uma fileira de formigas vermelhas que se arrastavam por baixo das pernas dela.

— Por que você toma comprimidos?

— Ah, eu resolvi parar por um tempo. Você sabe... é um alívio sentir-se infeliz de novo. Eu não sinto nada quando estou tomando meus comprimidos.

Ela deu um tapa nas formigas que estavam subindo pelos seus tornozelos.

— Eu escrevi sobre isso também... o nome é "Colhendo rosas com Seroxat".

Joe tirou um retalho de seda verde do bolso e assoou o nariz.

— O que é Seroxat?

— Você sabe o que é.

O nariz dele estava enfiado no lenço de seda.

— Diga-me assim mesmo.

— Seroxat é um antidepressivo bem forte. Eu o estou tomando há anos.

Kitty olhou para o céu recortado pelas montanhas. Ele pegou sua mão gelada e a segurou com força no colo. Ela tinha razão por indignar-se com a pergunta dele. Segurar a mão dela era um reconhecimento silencioso de que ele sabia que ela havia lido seus livros porque ele contara aos leitores tudo a respeito dos seus anos de adolescência sob medicação. Quando tinha quinze anos, ele cortara de leve o pulso esquerdo com uma navalha. Nada sério. Só uma experiência. A lâmina era fria e afiada. Seu pulso era quente e macio. Uma coisa não deveria ser justaposta à outra, mas era um jogo adolescente de Surtar. Ele tinha surtado. O médico, um velho húngaro com cabelo nas orelhas, não concordara que fazer aquela combinação fosse um erro comum. Ele fizera perguntas. Biografia era o que o médico húngaro queria.

Nomes e lugares e datas. Os nomes de sua mãe, seu pai, sua irmã. Os idiomas que eles falavam e quando ele os tinha visto pela última vez? Joe Jacobs tinha respondido desmaiando no consultório, e então seus anos de adolescência foram sedados numa névoa farmacêutica de sessão contínua. Ou como ele tinha sugerido no seu poema mais famoso, agora traduzido em vinte e três línguas: uma fada má fez um acordo comigo, "me dá a sua história e eu lhe dou uma coisa que a levará embora".

Quando ele se virou para olhar para ela, seu rosto, sem nenhum rubor, estava molhado de lágrimas.

— Por que você está chorando?

— Eu estou bem. — A voz dela soava casual.

— Estou satisfeita por economizar dinheiro e não gastá-lo num hotel, mas não esperava que a sua mulher me oferecesse o quarto extra.

Três moscas pretas pousaram na testa dele, mas ele não largou a mão dela para espantá-las. Ele passou a ela o retalho de seda que usava como lenço.

— Enxugue o rosto.

— Eu não quero o seu lenço. — Ela jogou o retalho de seda de volta no colo dele. — E odeio quando as pessoas dizem para eu me enxugar. Como se eu fosse um chão molhado.

Ele não pôde garantir, mas achou que esse também era um verso de um dos seus poemas. Não como ele o tinha escrito, mas bem parecido. Notou um arranhão no tornozelo esquerdo dela, e ela lhe explicou que tinha sido quando a mulher dele segurou o pé dela na piscina.

A cabra estava se aproximando. Toda vez que ela se mexia, o sino tocava. Quando ficava parada, o sino silenciava. Isso o deixou inquieto. Ele tirou um grilo de cima do ombro e o colocou na palma da mão dela.

— Acho que você escreveu alguma coisa que gostaria que eu lesse. Estou certo?

— Sim. É um poema só. — Mais uma vez a voz dela soou natural. Ela soltou o grilo, vendo-o pular na grama e desaparecer. — É uma conversa com você, na verdade.

Joe pegou um galhinho que tinha caído da árvore. O pombo marrom acima da sua cabeça estava se arriscando. Havia galhos mais fortes onde ele poderia pousar, mas ele se recusava a sair de onde estava. Ele disse a ela que leria o seu poema naquela noite, e esperou que ela lhe agradecesse.

Ele esperou. Pelos muito obrigadas que ela recitaria. Pelo tempo dele. Pela atenção. Pela generosidade. Por defendê-la de Mitchell. Pela companhia e por suas palavras, a poesia que a fizera mais ou menos persegui-lo num período de férias com a família. Os agradecimentos dela não chegaram.

— Por falar nisso — ele olhou para as canelas brancas dela cobertas de formigas esmagadas —, o fato de eu saber que você toma remédios e tudo mais... é confidencial.

Ela sacudiu os ombros.

— Bem, na verdade, Jurgen e a dra. Sheridan e todo mundo na cidade já sabem. E de todo modo, eu parei de tomá-los.

— Madeleine Sheridan é médica?

— É. — Ela encolheu os dedos dos pés. — Ela tem amigos no hospital de Grasse, então é melhor fingir estar feliz e se controlar.

Ele riu, e então para fazê-lo rir mais ainda, para ele parecer estar feliz e controlado, ela lhe avisou que nada, NADA MESMO, era confidencial quando era contado a Jurgen.

— Como todas as pessoas indiscretas, ele põe a mão no coração e jura que seus lábios estão selados. Os lábios de Jurgen nunca estão selados, porque eles têm sempre um enorme baseado entre eles.

Joe Jacobs sabia que deveria fazer mais perguntas a ela. Como faria sua esposa jornalista. O porquê o como o quando o quem e todas as outras palavras que deveria perguntar para tornar a vida mais coerente. Mas ela tinha fornecido alguma informação a ele. A caminho do pomar, ela contou que largara o emprego de varrer folhas e cortar grama em Victoria Park em Hackney. Uma gangue de garotos a ameaçara com uma faca, porque quando ela estava tomando remédio suas pernas tremiam e ela era presa fácil.

Eles tornaram a ouvir o sino.

— O que é isso? — Kitty se levantou e olhou para a grama alta.

Joe pôde ver as vértebras da sua coluna vertebral por baixo do vestido. Quando ele tornou a deixar cair o chapéu, ela o apanhou e espanou com as pontas das unhas verdes, estendendo-o para ele.

— Ui!

Kitty gritou "Ui" porque naquele momento a grama alta se mexeu e eles viram clarões cor-de-rosa e prateados no meio da grama. Alguma coisa estava se aproximando deles. A grama pareceu abrir-se e Nina apareceu diante deles, descalça, com seu biquíni de cerejas. Em seus dedos dos pés, os cinco anéis indianos de prata com sininhos que ganhara de Jurgen.

— Eu vim procurar você. — Ela olhou para o pai, que parecia estar segurando a mão de Kitty Finch. — Mamãe foi para Nice. Ela disse que tinha que mandar consertar os sapatos dela.

Kitty olhou para o relógio em seu pulso fino.

— Mas os sapateiros em Nice estão fechados a esta hora.

Três cachorros saltaram da grama rosnando e os rodearam. Quando o fazendeiro apareceu e disse ao poeta inglês suando em bicas que ele estava invadindo sua propriedade, a bela moça inglesa arrancou a echarpe do chapéu que estava usando e a passou para o poeta carrancudo.

— Seque-se — ela disse, e falou com o fazendeiro em francês para ele afastar os cachorros.

•

Quando voltaram para a casa, Joe passou no meio dos ciprestes para chegar ao jardim, onde havia colocado uma mesa e uma cadeira para escrever na sombra. Nas últimas duas semanas, ele havia se referido ao lugar como sendo o seu escritório, e ficou subentendido que não deveria ser incomodado, nem mesmo quando adormecia na cadeira. Por entre os galhos dos ciprestes, ele viu Laura sentada na cadeira de vime perto da piscina. Mitchell estava levando uma tigela de morangos para ela.

Ele olhou preguiçosamente na direção de Laura e Mitchell comendo seus morangos ao sol, e percebeu que estava quase dormindo. Era uma sensação estranha, "pegar a si mesmo" caindo no sono. Como se pudesse pegar a si mesmo em algum lugar a qualquer hora. Era melhor, então, que esse algum lugar fosse um bom lugar, um lugar sem angústias nem perigos imediatos; sentado numa mesa na sombra de uma velha árvore com sua família; tirando fotos numa gôndola flutuando nos canais de Veneza; assistindo a um filme num cinema vazio com uma lata de cerveja entre os joelhos. Num carro numa estrada nas montanhas à meia-noite, depois de fazer amor com Kitty Finch.

UMA ESTRADA NA MONTANHA. MEIA-NOITE.

Estava ficando escuro e ela disse a ele que os freios do carro alugado estavam péssimos, que ela não conseguia enxergar nada, nem suas próprias mãos.

O vestido de seda escorregava dos ombros conforme ela se inclinava sobre o volante. Um coelho atravessou a estrada e o carro deu uma guinada. Ele disse a ela que mantivesse os olhos na estrada, que não deixasse de fazer isso, e, enquanto ele estava falando, ela o beijava e dirigia ao mesmo tempo. E então ela pediu a ele que abrisse a janela para ela poder ouvir os insetos chamando uns aos outros na floresta. Ele desceu o vidro e tornou a lhe dizer que mantivesse os olhos na estrada. Ele pôs a cabeça para fora da janela e sentiu o ar frio da montanha queimar os seus lábios. Homens primitivos um dia habitaram a floresta. Eles sabiam que o passado pulsava em rochas e árvores e sabiam que o desejo os deixava desajeitados, loucos, misteriosos, confusos.

— Sim — disse Kitty Finch, seus olhos de volta na estrada. — Eu sei o que você está pensando. A vida só é digna de ser vivida porque temos esperança de que vai melhorar e de que vamos chegar em casa sãos e salvos. Mas você tentou e não chegou em casa são e salvo. Você simplesmente não chegou em casa. Por isso é que estou aqui, Jozef. Eu vim para a França para salvar você dos seus pensamentos.

IMITAÇÕES DA VIDA

Isabel Jacobs não sabia ao certo por que mentira sobre estar indo levar os sapatos para consertar. Esta era apenas mais uma coisa da qual não tinha certeza. Depois da chegada de Kitty Finch, tudo que conseguia fazer para chegar até o final do dia era imitar a pessoa que ela costumava ser, mas quem era essa pessoa, quem ela costumava ser, não parecia mais ser uma pessoa que valesse a pena imitar. O mundo tinha se tornado cada vez mais misterioso. E ela também. Ela não sabia mais ao certo o que sentia a respeito de nada, nem como sentia, nem por que tinha oferecido o quarto extra para uma estranha. Depois de descer as montanhas, procurar troco para o pedágio, se perder em Vence e tentar fazer a volta para sair do engarrafamento na estrada costeira que ia para Nice, motoristas enraivecidos gesticularam para ela, tocaram as buzinas, abriram o vidro e gritaram com ela. Nos bancos traseiros de seus carros, cachorrinhos elegantes olhavam com deboche para ela, como se não saber para onde você estava indo num sistema de mão única fosse algo que eles também desprezassem.

Ela estacionou em frente à praia chamada Opéra Plage e caminhou na direção da cúpula cor-de-rosa do Hotel Negresco, que reconheceu do mapa preso no "folheto informativo" que veio com a casa. O folheto informativo estava cheio de informações sobre o Hotel Negresco, o mais velho e mais elegante hotel belle époque na Promenade des Anglais. Aparentemente, fora construído em 1912 por Henri Negresco, um imigrante húngaro que o projetou para atrair para Nice "o suprassumo da classe A".

Uma brisa soprava nas duas pistas de tráfego que a separavam das praias apinhadas de gente. Este sopro de sujeira urbana era muito, muito melhor do que o ar puro e cortante da montanha que parecia tornar a tristeza mais cortante também. Aqui em Nice, a quinta maior cidade da França, ela podia desaparecer no meio da multidão de veranistas como se não tivesse outra preocupação além de reclamar do custo do aluguel de uma cadeira de praia na Riviera.

Uma mulher com um capacete de cabelo com permanente e henna parou-a para perguntar se ela sabia o caminho para a rue François Aune. As lentes dos seus grandes óculos escuros estavam manchadas com o que parecia ser leite seco. Ela falava inglês com um sotaque que Isabel achou que poderia ser russo. A mulher apontou um dedo cheio de anéis para um mecânico de macacão azul-marinho sujo de óleo deitado sob uma motocicleta, como que para sugerir que Isabel lhe pedisse informações por ela. Por um momento, ela não conseguiu entender por que isso lhe havia sido pedido, mas então percebeu que a mulher era cega e podia ouvir o mecânico acelerando o motor da motocicleta ali perto.

Quando Isabel se ajoelhou na calçada e mostrou a ele o pedaço de papel que a mulher lhe enfiara na mão, ele fez um movimento com o polegar na direção do prédio de apartamentos do outro lado da rua. A mulher cega estava parada na rua que procurava.

— Você está aqui. — Isabel a pegou pelo braço e a levou na direção do prédio elegante, com todas as venezianas das janelas recém-pintadas de verde. Três irrigadores regavam as palmeiras plantadas em filas nos jardins comunitários.

— Mas eu quero o porto, Madame. Estou procurando pelo dr. Ortega.

A russa cega falou com uma voz indignada, como se tivesse sido levada para o lugar errado contra a sua vontade. Isabel examinou os nomes dos moradores gravados em placas de metal ao lado da porta e leu alto:

— Perez, Orsi, Bergel, dr. Ortega. — Esse era o nome dele. Era ali que o homem morava, ainda que a mulher discordasse.

Ela apertou o botão ao lado do nome do dr. Ortega e ignorou a mulher russa, que agora mexia dentro da bolsa de couro de crocodilo à procura de um dicionário de bolso.

A voz no alto-falante do interfone era uma voz suave com sotaque espanhol que lhe pedia em francês que se identificasse.

— Meu nome é Isabel. A sua visita está esperando por você aqui embaixo.

Uma sirene de polícia abafou sua voz, e ela teve que recomeçar.

— Você disse que seu nome é Isabel? — Era uma pergunta bastante simples, mas a deixou nervosa, como se estivesse fingindo ser alguém que não era.

O interfone apitou e ela abriu a porta de vidro com moldura de madeira maciça que dava no saguão de mármore. A mulher russa com seus óculos escuros manchados não se mexeu e ficou repetindo que queria ir para o porto.

— Você ainda está aí, Isabel?

Por que o médico não descia para buscar a mulher cega?

— O senhor pode descer para buscar sua paciente? — Ela o ouviu rir.

— *Señora, soy doctor en filosofía.* Ela não é minha paciente. É minha aluna.

Ele estava rindo de novo. A risada rouca de um fumante. Ela ouviu sua voz pelos buraquinhos do alto-falante e chegou mais perto dele.

— Minha aluna quer ir para o porto porque deseja voltar para São Petersburgo. Ela não quer ir à aula de espanhol e, portanto, não acredita que está aqui. *Ella no quiere estar aquí.*

Ele era brincalhão e charmoso, um homem com tempo para falar em enigmas, protegido pelo interfone. Ela gostaria de ser mais parecida com ele e se divertir e brincar com o que quer que o dia lhe oferecesse. O que a tinha levado aonde ela estava agora? Onde ela estava agora? Como sempre, estava fugindo de Jozef. Este pensamento fez seus olhos arderem de lágrimas indesejáveis. Não, não Jozef de novo. Ela se virou e deixou a mulher russa agarrada no corrimão da escadaria de mármore, ainda insistindo que estava no lugar errado e que o porto era o lugar para onde queria ir.

O céu tinha escurecido e ela sentiu o cheiro do mar ali perto. Gaivotas guinchavam sobre sua cabeça. O perfume doce da *boulangerie* do outro lado da rua pairava sobre os carros estacionados. Famílias voltavam da praia carregando cadeiras de plástico e toalhas coloridas. A *boulangerie* ficou de repente cheia de garotos adolescentes comprando fatias de pizza. Do outro lado da rua, o mecânico acelerava o motor da sua motocicleta com um ar triunfante. Ela não estava preparada para ir para casa e começar a imitar alguém que costumava ser. Em vez disso, caminhou por cerca de uma hora pela Promenade des Anglais e parou num dos restaurantes instalados na praia perto do aeroporto.

Os aviões decolando voavam baixo sobre o mar negro. Um grupo de estudantes tomava cerveja nas pedras. Eles eram teimosos, paqueradores, gritavam uns com os outros, desfrutando de uma noite de verão na praia. As coisas estavam começando para eles. Novos empregos. Novas ideias. Novas amizades. Novos amores. Ela estava no meio da vida, tinha quase cinquenta anos e testemunhara inúmeros massacres e conflitos no trabalho que a obrigavam a olhar de perto para o sofrimento do mundo. Ela não fora escalada para cobrir o genocídio em Ruanda, como dois de seus abalados colegas tinham sido. Eles lhe disseram que era impossível acreditar naquela escala de destruição humana, seus próprios olhos atordoados enquanto eles fitavam os olhos atordoados dos órfãos. Cães famintos tinham se acostumado a comer carne humana. Eles viram cães correrem pelos campos com pedaços de gente entre os dentes. No entanto, mesmo sem testemunhar em primeira mão os terrores de Ruanda, ela fora longe demais na infelicidade do mundo para começar tudo de novo. Se pudesse escolher desaprender tudo o que supostamente a tornara sábia, ela começaria tudo de novo. Ignorante e otimista, tornaria a se casar e tornaria a ter uma filha e beberia cerveja com seu belo e jovem marido na praia desta cidade à noite. Eles seriam iniciantes encantados de novo, beijando-se sob as estrelas brilhantes. Essa era a melhor coisa que se podia ser na vida.

    Uma extensa família de mulheres e seus filhos estava sentada em três mesas juntas. Todos tinham o mesmo cabelo castanho crespo e maçãs do rosto salientes e estavam comendo fantásticas espirais de sorvete arrumadas em copos altos. O garçom acendeu as velas de estrelinha que tinha enfiado no chantilly e eles soltaram exclamações de prazer e bateram palmas. Ela estava com frio no seu vestido frente única, decotado demais para aquela hora da noite. As mulheres dando de comer às crianças com longas colheres de chá de prata olhavam com curiosidade para a mulher pensativa e silenciosa de ombros nus. Como o garçom, elas pareciam ofendidas com sua solidão. Ela teve que dizer a ele duas vezes que não estava esperando ninguém. Quando ele depositou com força seu espresso na mesa vazia arrumada para dois, grande parte do café derramou no pires.

Ela contemplou as ondas batendo nas pedras. O oceano dobrando ao meio os sacos plásticos deixados na praia aquele dia. Enquanto tentava fazer o que tinha restado do seu café durar o suficiente para justificar seu lugar numa mesa arrumada para dois, os pensamentos que ela tentava afastar ficavam voltando como as ondas sobre as pedras.

Ela era uma espécie de fantasma em sua casa em Londres. Quando voltava de suas diversas zonas de guerra e via que na sua ausência a graxa de sapato ou as lâmpadas tinham sido guardadas em lugares diferentes, lugares parecidos, mas não os mesmos onde estavam antes, percebia que ela também tinha um lugar transitório na casa. Para fazer as coisas que escolhera fazer no mundo, ela se arriscou a perder seu lugar de esposa e mãe, um lugar desconcertante assombrado por tudo o que havia sido imaginado para ela, se escolhesse ocupá-lo. Ela tentara ser alguém que não entendia direito. Uma personagem feminina poderosa, mas frágil. Se ela sabia que ser forte não era o mesmo que ser poderosa e que ser suave não era a mesma coisa que ser frágil, não sabia como usar este conhecimento em sua própria vida nem aonde ele poderia levar, nem mesmo como ele faria parecer melhor o fato de estar sentada sozinha numa mesa posta para dois num sábado à noite. Quando ela chegava em Londres da África ou da Irlanda ou do Kuwait, era Laura quem às vezes lhe oferecia uma cama no depósito sobre sua loja em Euston. Era uma espécie de convalescença. Ela se deitava lá durante o dia e Laura levava-lhe xícaras de chá quando a loja estava calma. Elas não tinham nada em comum exceto o fato de se conhecerem havia muito tempo. O tempo que passara entre elas contava para alguma coisa. Elas não tinham que explicar nada nem ser educadas nem preencher os vazios no meio da conversa.

Ela convidou Laura para dividir a casa com eles no verão e ficou surpresa com a rapidez com que a amiga aceitou. Laura e Mitchell normalmente precisavam de mais tempo para fechar a loja e organizar os negócios.

As velas de estrelinha estavam espocando sobre o sorvete. Uma das mães de repente gritou com o filho de cinco anos, que tinha deixado o copo cair no chão. Foi um grito de raiva incandescente. Isabel notou que ela estava exausta. A mulher tinha ficado uma fera, nem infeliz nem feliz. Agora estava de quatro no chão, limpando o sorvete com os guardanapos que o grupo lhe entregava. Ela sentiu a desaprovação das mulheres que a olhavam, ali sentada sozinha, mas ficou grata a elas. Ela ia levar Nina àquele restaurante e comprar para a filha um sorvete com uma vela de estrelinha. As mulheres planejaram algo legal para os filhos, algo que ela podia imitar.

PAREDES QUE ABREM E FECHAM

Nina viu Kitty Finch fazer pressão com as mãos nas paredes do quarto extra como se estivesse testando a solidez delas. Era um pequeno quarto que dava para os fundos da casa, as cortinas amarelas bem fechadas sobre a única janela. Isso fazia o quarto parecer quente e escuro, mas Kitty disse que gostava assim. Lá em cima na cozinha, elas podiam ouvir Mitchell cantando desafinadamente uma música do Abba. Kitty disse a Nina que estava checando as paredes porque as fundações da casa eram instáveis. Três anos antes, uma gangue de caubóis construtores de Menton tinha sido paga para consertar a casa. Havia rachaduras em toda parte, mas tinham sido tapadas apressadamente com o tipo errado de reboco.

Nina não se conformava com o fato de Kitty entender de tudo. Então qual era o tipo certo de reboco? Será que Kitty Finch trabalhava na indústria da construção? Como conseguia enfiar todo aquele cabelo num capacete?

Foi como se Kitty tivesse lido seus pensamentos, porque disse:

— Sim, bem, o tipo certo de reboco tem calcário — e então ela se ajoelhou no chão e examinou as plantas que apanhara no cemitério de manhã cedo.

Suas unhas verdes alisaram as folhas triangulares e os buquês de flores brancas que, ela insistiu franzindo o nariz, cheiravam a rato. Estava juntando as sementes das plantas porque queria estudá-las, e Nina podia ajudar se quisesse.

— Que tipo de planta é essa?

— Ela se chama *Conium maculatum*. Pertence à mesma família que a erva-doce, a pastinaca e a cenoura. Fiquei realmente surpresa ao vê-la crescendo ao lado da igreja. As folhas parecem com salsa, não parecem?

Nina não fazia a menor ideia.

— Isto é cicuta. Seu pai sabia disso, é claro. Antigamente, as crianças costumavam fazer apitos com as hastes, e às vezes eram envenenadas. Mas os gregos achavam que ela curava tumores.

Kitty parecia ter muito o que fazer. Depois de pendurar seus vestidos de verão no guarda-roupa e de arrumar alguns livros bem manuseados na prateleira, ela correu para cima para tornar a olhar para a piscina, embora já estivesse escuro lá fora.

Quando voltou, ela explicou que a piscina agora tinha luz debaixo d'água.

— No ano passado não tinha.

Ela tirou um envelope pardo A4 de uma das sacolas de lona azul e o estudou.

— Isto aqui — disse ela, sacudindo o envelope para Nina — é o poema que o seu pai prometeu ler esta noite. — Ela mordeu o lábio superior. — Ele disse para eu colocá-lo na mesa do lado de fora do quarto dele. Você vem comigo?

Nina levou Kitty Finch até o quarto onde seus pais dormiam. Era o maior quarto da casa, com um banheiro ainda maior anexo a ele. Tinha torneiras douradas, e um chuveiro poderoso, e um botão para transformar a banheira numa jacuzzi. Ela apontou para uma mesinha encostada na parede perto da porta do quarto. No centro da mesa havia uma tigela, uma confusão de óculos de natação, flores secas, canetas Pilot velhas, cartões-postais e chaves.

— Ah, aquelas são as chaves da casa de máquinas. Lá dentro estão todas as máquinas que fazem a piscina funcionar. Eu vou colocar o envelope debaixo da tigela.

Ela franziu a testa para o envelope pardo e fungou várias vezes, sacudindo os cachos como se estivesse com alguma coisa presa no cabelo.

— Na verdade, eu acho que vou enfiá-lo por baixo da porta. Assim, ele vai pisar nele e vai ter que ler imediatamente.

Nina ia dizer a ela que aquele quarto não era o dele, que a mãe dela também dormia lá, mas não falou nada porque Kitty Finch estava dizendo coisas estranhas.

— Você tem que se arriscar, não tem? É como atravessar uma rua de olhos fechados... você não sabe o que vai acontecer em seguida. — E então ela jogou a cabeça para trás e riu. — Lembre-me de levar você a Nice amanhã para tomar o melhor sorvete que já tomou na vida.

Ficar ao lado de Kitty Finch era como estar perto de uma rolha que acabou de saltar de uma garrafa. O primeiro estouro quando os gases parecem escapar e tudo é borrifado por um segundo com algo inebriante.

Mitchell estava chamando para o jantar.

MODOS

— Minha mulher foi consertar os sapatos em Nice — anunciou Joe Jacobs teatralmente para todo mundo na mesa.

O tom de voz dele sugeria que estava meramente dando uma informação e não esperava resposta da plateia reunida para jantar. Todos cooperaram. O fato não foi mencionado.

Mitchell, que sempre se autonomeava o chef, tinha passado a tarde assando a carne que Joe insistira em comprar no mercado aquela manhã. Ele a fatiou alegremente, um sangue rosado escorrendo do centro.

— Para mim não, obrigada — disse Kitty educadamente.

— Ah, só um pedacinho. — Uma fatia fina de carne sangrenta caiu do garfo dele e pousou no prato dela.

— Um pedacinho é a palavra favorita de Mitchell. — Joe pegou o guardanapo e enfiou no colarinho da camisa.

Laura serviu o vinho. Ela estava usando um colar africano rebuscado, uma faixa larga de ouro trançado fechada com sete pérolas ao redor do pescoço.

— Você parece uma noiva — disse Kitty, admirando-a.

— Por mais estranho que pareça — respondeu Laura —, este é realmente um colar de noiva, da nossa loja. Ele é do Quênia.

Os olhos de Kitty estavam cheios d'água por causa da raiz forte, que tinha posto na boca como se fosse açúcar.

— E o que você e Mitchell vendem no seu "Cash and Carry"?

— Empório — corrigiu-a Laura. — Nós vendemos armas primitivas persas, turcas e hindus. E joias africanas caras.

— Somos pequenos negociantes de armas — disse Mitchell efusivamente. — E no meio-tempo, vendemos móveis feitos de avestruz.

Joe enrolou uma fatia de carne com os dedos e a mergulhou na tigela de raiz-forte.

— Os móveis são feitos de avestruz e a raiz-forte é feita de cavalo — recitou ele.

Nina largou a faca com força.

— Cala a porra dessa boca.

Mitchell fez uma careta.

— Garotas da sua idade não deviam usar palavras tão feias.

O pai dela balançou a cabeça como se concordasse inteiramente. Nina o olhou furiosa enquanto ele esfregava a colher com a ponta da toalha de mesa. Ela sabia que o pai tinha um bocado de tempo para o que Mitchell chamou de palavras "feias". Quando ela disse a ele, como fazia regularmente, que estava cheia de usar sapatos tão deploráveis para a escola com as cores erradas de meias, seu pai, o poeta, tinha corrigido sua escolha de palavras:

— Da próxima vez diga a *porra* desses sapatos de merda. Isso vai dar mais força ao seu argumento.

— Palavras feias são para pensamentos feios. — Mitchell bateu com força do lado da cabeça calva e depois lambeu o polegar para limpar um pouco de raiz-forte. — Eu jamais diria um palavrão na frente do meu pai quando tinha a sua idade.

Joe lançou um olhar para a filha.

— Sim, minha filha. Por favor, não fale palavrões nem ofenda os babacas desta mesa. Especialmente o Mitchell. Ele é perigoso. Ele tem armas. Espadas e revólveres de marfim.

— Na ver-da-de — Mitchell sacudiu o dedo — o que eu preciso mesmo é de uma ratoeira, porque há roedores nesta cozinha.

Ele olhou para Kitty Finch quando disse "roedores".

Kitty jogou seu pedaço de carne no chão e se inclinou para Nina.

— Raiz-forte não é feita de cavalo. Pertence à família da mostarda. É uma raiz, e seu pai provavelmente come tanto dela porque faz bem ao reumatismo dele.

Joe levantou as sobrancelhas grossas.

— O quê? Eu não tenho reumatismo.

— Deve ter — retrucou Kitty. — Você anda de um jeito meio rijo.

— Isso é porque ele tem idade para ser seu pai — sorriu Laura de um jeito desagradável. Ela ainda estava intrigada por Isabel ter insistido tanto para que uma moça jovem, que nadava nua e obviamente queria a atenção do marido dela, ficasse hospedada com eles. Sua amiga era, supostamente, a parte traída no casamento deles. Magoada com as infidelidades dele. Sobrecarregada com seu passado. Traída e enganada.

— Laura se orgulha de não se deixar enganar pelas pessoas e de ser franca — declarou Joe para a mesa. Ele apertou a ponta do nariz entre o polegar e o indicador, um código secreto entre ele e a filha, cujo significado ele não sabia ao certo, talvez amor inabalável apesar de seus defeitos e bobagens e da irritação mútua entre eles.

Kitty sorriu nervosamente para Laura.

— Muito obrigada a todos por terem me deixado ficar.

Nina a viu morder uma rodela de pepino e em seguida empurrá-la para o lado do prato.

— Você deveria agradecer a Isabel — corrigiu-a Laura. — Ela tem muito bom coração.

— Eu não diria que Isabel é benevolente, você diria, Nina?

Joe enrolou outra fatia de carne sangrenta e a enfiou na boca.

Esta era a deixa para Nina fazer alguma crítica à mãe para agradar ao pai, algo do tipo "Minha mãe não me conhece nem um pouco". De fato, ela ficou tentada a dizer, "Minha mãe não sabe que eu sei que meu pai vai dormir com Kitty Finch. Ela nem mesmo sabe que eu sei o que significa anoréxica".

Mas o que ela disse foi:

— Kitty acha que as paredes podem abrir e fechar.

Quando Mitchell girou o indicador esquerdo ao redor da orelha como que para dizer, ela é doidinha, Joe lhe deu um tapa violento no dedo cor-de-rosa com seu punho moreno.

— É falta de educação ser tão normal, Mitchell. Até você deve ter sido criança um dia. Até você deve ter achado que havia monstros espreitando debaixo da sua cama. Agora que é um adulto tão normal, provavelmente olha discretamente para baixo da cama e diz a si mesmo, bem, talvez o monstro seja invisível!

Mitchell revirou os olhos e olhou para o teto como que pedindo a ajuda dos céus.

— Alguém já disse o quanto você se acha?

O telefone estava tocando. Um fax deslizava sobre a bandeja de plástico ao lado do arquivo da casa. Nina se levantou e foi buscar o fax. Deu uma olhada nele e o levou para o pai.

— É para você. Sobre a sua palestra na Polônia.

— Obrigado. — Ele beijou a mão dela com seus lábios manchados de vinho e lhe pediu que lesse o fax em voz alta para ele.

ALMOÇO NA CHEGADA
DOIS CARDÁPIOS. Borscht com ovo cozido e linguiça.
Ensopado de carne de caça com purê de batata. Refrigerante.
OU
Tradicional sopa polonesa de pepino. Repolho recheado com carne e purê de batata. Refrigerante.
FAVOR ENVIAR OPÇÃO POR FAX.

Laura tossiu.

— Você nasceu na Polônia, não foi, Joe?

Nina viu o pai sacudir vagamente a cabeça.

— Eu não me lembro.

Mitchell ergueu as sobrancelhas numa expressão que ele pretendeu ser de incredulidade.

— Você tem que ser muito esquecido para não se lembrar de onde nasceu. O senhor é judeu, não é?

Joe ficou perplexo. Nina imaginou se tinha sido pelo fato de o pai ter sido chamado de senhor. Kitty também estava de testa franzida. Ela se sentou mais reta na cadeira e se dirigiu à mesa como se fosse a biógrafa de Joe.

— É claro que ele nasceu na Polônia. Está escrito nas capas dos livros dele. Jozef Nowogrodzki nasceu na Polônia em 1937. Ele chegou em Whitechapel, região leste de Londres, aos cinco anos de idade.

— Certo. — Mitchell pareceu confuso de novo. — Então como é que você agora é Joe Jacobs?

Kitty tornou a assumir o comando. Foi como se ela tivesse batido com o garfo três vezes na sua taça de vinho para provocar um silêncio cheio de expectativa.

— Os professores do colégio interno mudaram o nome dele para conseguir pronunciá-lo.

A colher que Joe estava esfregando o tempo todo estava agora prateada e brilhante. Quando ele a levantou para admirar seu trabalho, Nina pôde ver o reflexo distorcido de Kitty flutuando nas costas dela.

— Colégio interno? Então onde estavam os seus pais?

Mitchell notou que Laura estava se contorcendo na cadeira. O que quer que ele devesse saber a respeito de Joe tinha lhe fugido da mente. Laura lhe contara, é claro, mas ele já esquecera. Ele ficou aliviado ao ver que Kitty Finch não tomou para si a tarefa de responder a pergunta dele, e meio que desejou não ter tocado no assunto.

— Bem, você é mais ou menos inglês, não é, Joe?

Joe balançou a cabeça.

— Sim, eu sou. Eu sou quase tão inglês quanto você.

— Bem, eu não iria tão longe, Joe — declarou Mitchell no tom de um funcionário de imigração jovial — mas, como eu sempre digo para a Laura, é o que a gente sente por dentro que conta.

— Você tem razão — concordou Joe.

Mitchell achou que estava sabendo de alguma coisa, porque Joe estava sendo gentil, para variar.

— Então o que você sente por dentro, Joe?

Joe fitou a colher em sua mão como se fosse uma joia ou um pequeno triunfo sobre talheres embaçados.

— Eu tenho uma PSE dentro de mim.

— O que é isso, meu senhor?

— Uma porra de um sentimento engraçado.

Mitchell, que já estava bêbado, deu um tapa nas costas dele para confirmar aquela nova solidariedade entre eles.

— Eu apoio isso, Jozef seja lá qual for o seu sobrenome. Eu tenho uma PSE bem aqui. — Ele bateu na cabeça. — Eu tenho três disso.

Laura arrastou os pés debaixo da mesa e anunciou que tinha feito um pavê de sobremesa. Era uma receita que tinha tirado do *Complete Cookery Course* de Delia Smith, e esperava que o doce tivesse endurecido e que o creme não tivesse talhado.

DOMINGO

LADRÃO DE CICUTA

Os passarinhos começando a cantar. O som de pinhas caindo no lago parado. O cheiro forte de alecrim plantado em caixotes de madeira no peitoril da janela. Quando Kitty Finch acordou, ela sentiu alguém respirando em seu rosto. A princípio, pensou que o vento tinha aberto a janela durante a noite, mas então ela o viu e teve que enfiar o cabelo dentro da boca para não gritar. Um rapaz de cabelo preto estava parado ao lado da cama e acenava para ela. Ela imaginou que ele tivesse uns quinze anos, e estava segurando um caderno na mão que não se mexia. O caderno era amarelo. Ele usava um paletó escolar e sua gravata estava enfiada no bolso. Por fim, ele desapareceu dentro da parede, mas ela ainda conseguia sentir a brisa de sua mão invisível acenando.

Ele estava dentro dela. Ele tinha entrado em sua mente. Ela estava recebendo seus pensamentos e sentimentos e intenções. Ela enfiou as unhas no rosto e, quando teve certeza de que estava acordada, caminhou na direção das portas francesas e entrou na piscina. Uma vespa picou seu pulso quando ela nadou até o colchão meio vazio e o empurrou para o raso. Ela não sabia ao certo se a visão era um fantasma ou um sonho ou uma alucinação. O que quer que fosse, estava há muito tempo em sua mente. Ela enfiou a cabeça debaixo d'água e começou a contar até dez.

Alguém estava na piscina com ela.

Kitty pôde vislumbrar as pontas dos dedos de Isabel Jacobs catando insetos que estavam quase morrendo no fundo da piscina. Quando ela emergiu, os braços fortes de Isabel já estavam cortando a água verde e fria, os insetos estrebuchando na pedra mais próxima da beira da piscina. A jornalista, tão calada e altiva, aparentemente desaparecia em Nice na hora das refeições e ninguém falava sobre isso. Muito menos o marido, que, Kitty esperava, a essa hora já tivesse lido o poema dela. Foi o que ele disse que ia fazer depois do interminável jantar da noite anterior. Ele ia se deitar na cama e ler o que ela havia escrito.

— Você está tremendo, Kitty.

Isabel nadou na direção dela até as duas mulheres ficarem uma ao lado da outra, vendo a névoa da manhã erguer-se das montanhas. Ela disse a Isabel que estava com dor de ouvido e que sentia-se tonta. Foi a única maneira que conseguiu falar sobre o que tinha visto aquela manhã.

— Você deve estar com infecção no ouvido. Não é surpresa que esteja sem equilíbrio.

Isabel tentava dar a impressão de que tinha tudo sob controle. Kitty a vira na televisão cerca de três anos antes. Isabel Jacobs no deserto perto do esqueleto de um camelo no Kuwait. Ela estava encostada num tanque militar que pegara fogo, apontando para um par de botas de soldado calcinadas sob ele. Elegante e bem penteada, Isabel Jacobs era pior do que parecia. Quando mergulhou na piscina na véspera e agarrou o tornozelo de Kitty, ela o tinha torcido com força. O pé dela ainda estava doendo por causa disso. Isabel a machucara de propósito, mas Kitty não podia dizer nada porque em seguida ela lhe oferecera o quarto extra. Ninguém teve coragem de discordar, porque a correspondente de guerra controlava todos eles. Como se ela tivesse a palavra final ou os estivesse desafiando a contrariá-la. A verdade é que o marido tinha a palavra final porque ele escrevia palavras e depois punha pontos finais nelas. Ela sabia disso, mas o que a esposa dele sabia?

Kitty saiu da água e foi até a beira da piscina, arrancando folhas de uma pequena árvore que crescia num vaso perto da parte rasa. Isabel saiu também e se sentou na ponta de uma espreguiçadeira branca. A jornalista estava acendendo um cigarro, distraída, como se estivesse pensando em algo mais importante do que o que estava acontecendo ali. Ela devia ter visto o envelope A4 que Kitty deixara encostado na porta do quarto.

Nadando de volta para casa
Kitty Finch

Ela não disse a Isabel que estava se sentindo quente e que sua visão estava turva. Sua pele estava coçando, e ela achou que sua língua também estava inchada. E não contou a ela sobre o fantasma do garoto que tinha saído da parede para cumprimentá-la quando ela acordou. Ele tinha roubado algumas de suas plantas, porque quando voltou para dentro da parede estava carregando uma braçada delas. Ela achou que ele poderia estar procurando formas de morrer. As palavras que ela o ouviu dizer foram palavras que ela ouviu em sua cabeça e não em seus ouvidos. Ele estava acenando como que para cumprimentá-la, mas agora ela achava que talvez ele estivesse dando adeus.

— Então você veio aqui porque é fã da poesia de Jozef?

Kitty mastigou devagar uma folha de louro até conseguir disfarçar a ansiedade na voz.

— Suponho que sou uma fã. Embora não veja assim.

Ela fez uma pausa, esperando sua voz ficar mais firme.

— A poesia de Joe é, mais do que qualquer outra coisa, uma conversa comigo. Ele diz coisas que eu costumo pensar. Nós temos um contato nervoso.

Ela se virou e viu Isabel apagar o cigarro com o pé descalço. Kitty levou um susto.

— Isso não doeu?

Se Isabel tinha se queimado, ela não pareceu se importar com isso.

— O que significa "contato nervoso" com Jozef?

— Não significa nada. Eu acabei de pensar isso.

Kitty notou que Isabel Jacobs sempre usava o nome todo do marido. Como se só ela possuísse a parte dele que era secreta e misteriosa, a parte dele que escrevia coisas. Como ela podia dizer para Isabel que ela e Joe estavam transmitindo mensagens um para o outro quando ela mesma não compreendia o que estava acontecendo? Isso era algo que ela ia ter que discutir com Jurgen. Ele ia explicar que ela possuía outros sentidos porque era poeta e depois ia lhe dizer palavras em alemão que ela sabia serem palavras de amor. Era sempre difícil escapar dele à noite, então ela estava agradecida por ter o quarto extra para onde fugir. Sim, de certa forma ela estava grata a Isabel por salvá-la do amor de Jurgen.

— O seu poema é sobre o quê?

Kitty estudou a folha de louro, seus dedos acariciando o contorno de seus veios prateados.

— Não me lembro.

Isabel riu. Isto foi ofensivo. Kitty ficou ofendida. Não mais agradecida, ela olhou zangada para a mulher que tinha lhe oferecido o quarto extra, mas não tinha se preocupado em providenciar lençóis e travesseiros nem notado que as janelas não abriam e que o chão estava coberto de cocô de rato. A jornalista estava fazendo perguntas como se estivesse prestes a arquivá-la. Ela era alta e curvilínea, seu cabelo preto como o de uma índia, e usava uma aliança de ouro na mão esquerda para mostrar que era casada. Seus dedos eram longos e lisos, como se nunca tivesse esfregado uma panela ou enfiado os dedos na terra. Ela não tinha nem se preocupado em oferecer à sua hóspede alguns cabides. Nina precisou trazer alguns do seu próprio armário. Entretanto, Isabel Jacobs ainda estava fazendo perguntas, porque ela queria controlar tudo.

— Você disse que conhece a dona desta casa?

— Sim. Ela é uma psicanalista chamada Rita Dwighter, e é amiga da minha mãe. Ela tem casas em toda parte. De fato, ela tem doze propriedades só em Londres que valem cerca de dois milhões cada. Provavelmente pergunta aos seus pacientes se eles têm uma hipoteca.

Isabel riu e desta vez Kitty também riu.

— Aliás, obrigada por me deixar ficar.

Isabel balançou a cabeça distraidamente e disse algo sobre ter que entrar para preparar torradas com mel. Kitty a observou entrar correndo pelas portas de vidro, dando um encontrão em Laura, que estava agora sentada à mesa da cozinha com um par de fones de ouvido grudado na cabeça e fios em volta do pescoço. Laura estava aprendendo uma língua africana qualquer, seus lábios finos repetindo as palavras em voz alta.

Kitty ficou sentada, nua e tremendo, na beira da piscina, ouvindo a mulher alta e loura com assustados olhos azuis repetir frases de outro continente. Ela ouviu os sinos da igreja tocando na aldeia e alguém suspirando. Quando levantou os olhos, teve que se controlar para não surtar pela segunda vez naquela manhã. Madeleine Sheridan estava sentada em sua varanda como sempre, olhando para ela como se estivesse examinando o mar à procura de um tubarão. Isso era demais. Kitty se levantou de um salto e sacudiu o punho na direção da figura sombria tomando seu chá matinal.

— Não fique me vigiando o tempo todo, porra. Eu ainda estou esperando que a senhora pegue os meus sapatos, dra. Sheridan. A senhora já está com eles?

ALIENÍGENAS SAUDOSOS

Jurgen estava arrastando um alienígena de borracha de um metro de altura com um pescoço enrugado para dentro da cozinha do café do Claude. Ele o comprara sábado no brechó e Claude e ele estavam tendo três conversas ao mesmo tempo. Claude, que tinha acabado de fazer vinte e três anos e sabia que se parecia com Mick Jagger, era dono do único café da cidade e estava planejando vendê-lo para incorporadores parisienses no próximo ano. O que Claude queria saber era por que os turistas tinham oferecido um quarto a Kitty Finch.

Jurgen coçou a cabeça e balançou seus cachos rastafári para pensar melhor na pergunta. O esforço o estava deixando exausto e ele não conseguiu encontrar uma resposta. Claude, cujo cabelo sedoso que ia até os ombros era cortado por um cabeleireiro caro para parecer que ele nunca se preocupava com ele, calculou que Kitty devia sentir secretamente repulsa pelo cabelo rastafári de Jurgen, porque ela sabia que podia ficar com ele sempre que quisesse. Ao mesmo tempo, os dois estavam debochando de Mitchell, que estava sentado no terraço entupindo-se de baguetes e presunto enquanto esperava o mercado abrir. O homem gordo e sua coleção de armas antigas estava acumulando uma conta no café *e* no mercado, que era administrado pela mãe de Claude. Mitchell ia levar à falência a família inteira de Claude. Enquanto isso, Jurgen explicava o enredo do filme *ET* e Claude descascava batatas. Jurgen tirou o cigarro dos lábios grossos do amigo e deu uma tragada enquanto tentava se lembrar do filme que tinha visto em Mônaco três anos antes.

— ET é um alienígena bebê que se vê perdido na Terra, a três milhões de anos luz da casa dele. Ele fica amigo de um menino de dez anos e eles começam a ter uma ligação muito especial um com o outro.

Claude piscou o olho para o pequeno alienígena em sua cozinha.

— Que tipo de ligação?

Jurgen balançou os cachos sobre uma torta de pera recém-assada que esfriava debaixo da janela da cozinha como que para relembrar um enredo que tinha esquecido havia muito tempo.

— Bem... se ET fica doente, o garoto da Terra fica doente, se ET tem fome, o garoto da Terra tem fome, se ET fica cansado ou triste, o garoto da Terra sofre junto com ele. O alienígena e o amigo se comunicam por pensamento. Eles estão conectados mentalmente.

Claude fez uma careta, porque estava sendo chamado por Mitchell para servir mais uma cesta de pão e uma fatia da torta de pera, recém-colocada no cardápio. Claude disse a Jurgen que não entendia por que o homem gordo nunca tinha dinheiro no bolso apesar de estar hospedado na casa luxuosa. A conta dele estava altíssima.

— Mas como é que *ET* termina?

Jurgen, geralmente drogado demais para lembrar-se de alguma coisa, tinha acabado de avistar Joe Jacobs ao longe, caminhando no meio das ovelhas que pastavam nas montanhas. Por alguma razão, ele conseguia se lembrar de todas as falas do alienígena bebê no filme. Achava que era por ele também ser um alienígena, um rapaz alemão morando na França. Ele explicou que ET tem que se desconectar do menino porque teme que irá deixá-lo doente demais e não quer prejudicá-lo. E então ele encontra um jeito de voltar para o seu próprio planeta.

Jurgen cutucou Claude e apontou para o poeta inglês ao longe. Ele parecia estar saudando algo invisível, porque seus dedos tocavam sua testa. Claude gostava do poeta, porque ele sempre deixava boas gorjetas e conseguira gerar uma filha adolescente linda, de pernas compridas, que Claude tinha convidado pessoalmente para tomar uma aperitivo no café. Até agora ela não tinha aceitado o convite dele, mas vivia de esperança porque, como disse a Jurgen, do que mais alguém podia viver?

— Ele é supersticioso, acabou de ver um corvo. Ele é famoso. Você quer ser famoso?

Jurgen fez sinal que sim. Depois, ele sacudiu a cabeça e bebeu de uma garrafa com um líquido verde que estava encostada na lata de azeite.

— Sim. Às vezes eu acho que seria legal não ser mais um caseiro e ter todo mundo querendo puxar o meu saco. Mas tem um problema. Eu não tenho energia para ser famoso. Tenho muito o que fazer.

Claude apontou para o poeta, que parecia ainda estar saudando corvos.

— Talvez ele esteja com saudades de casa. Ele quer voltar para o planeta dele.

Jurgen gargarejou com o líquido verde que Claude sabia que era licor de menta. Jurgen era mais ou menos viciado nele, do mesmo modo que algumas pessoas são viciadas em absinto, que tinha a mesma cor verde fada.

— Não. Ele só está evitando Kitty Ket. Ele não leu o troço de Ket e a está evitando. Ket é igual ao ET. Ela acha que tem uma ligação mental com o poeta. Ele não leu o troço dela e ela vai ficar triste e sua pressão vai subir e ela vai matar todos eles com as armas do homem gordo.

SEGUNDA-FEIRA

O CAÇADOR

Mitchell estava deitado de costas, suando. Eram três da madrugada e acabara de ter um pesadelo com uma centopeia. Ele a tinha atacado com uma faca, mas ela se partiu em dois e começou a crescer de novo. Quanto mais ele a atacava, mais centopeias surgiam. Elas se contorciam a seus pés. Ele estava com centopeias até as orelhas e a lâmina da sua faca estava coberta de muco. Elas entravam por suas narinas e tentavam entrar na sua boca. Quando acordou, ele imaginou se deveria dizer a Laura que seu coração estava batendo tão depressa e com tanta força que ele achava que estava tendo um ataque cardíaco. Laura dormia tranquilamente ao seu lado, os pés para fora da cama. Não havia cama no mundo que fosse comprida o suficiente para Laura. A cama deles em Londres teve que ser fabricada sob medida para a altura dela e a largura dele por um construtor de navios holandês. Ela tomava todo o quarto e parecia um galeão ancorado no lago em um parque municipal. Alguma coisa estava rastejando na direção dele pela parede caiada de branco. Ele gritou.

— O que foi, Mitch? — Laura sentou-se na cama e pôs a mão no peito ofegante do marido.

Ele apontou para a coisa na parede.

— É uma mariposa, Mitchell.

Realmente, ela abriu suas asas cinzentas e voou pela janela.

— Eu tive um pesadelo — resmungou ele. — Um pesadelo horrível.

Ela apertou sua mão quente e suada.

— Volte a dormir. Você vai se sentir melhor de manhã. — Ela ajeitou o lençol sobre o ombro e tornou a se deitar.

Não houve jeito de ele dormir. Mitchell se levantou e subiu até a cozinha, onde se sentia mais seguro do que em qualquer outro lugar. Abriu a geladeira e pegou uma garrafa d'água. Quando levou a garrafa à boca e bebeu sofregamente a água gelada, sentiu-se partido em pedaços como a centopeia. Quando levantou a cabeça dolorida, notou algo no chão da cozinha. Era a armadilha que havia preparado para o rato. Ele tinha apanhado alguma coisa. Engoliu em seco e se aproximou da armadilha.

Havia um pequeno animal deitado de lado de costas para ele, mas não era um rato. Ele reconheceu a criatura. Era o coelho de nylon marrom de Nina, as orelhas compridas e moles presas sob o arame. Ele podia ver seu rabo branco e redondo e a etiqueta suja costurada na parte interna da perna. A fita de cetim verde ao redor do pescoço tinha ficado presa na armadilha também. Ele começou a suar quando se inclinou para tirar o coelho da armadilha, e então notou uma sombra no chão. Havia alguém ali com ele. Alguém havia entrado na casa e ele não estava com sua arma. Até sua velha arma de ébano da Pérsia seria capaz de espantar quem estivesse ali.

— Olá, Mitchell. — Kitty Finch estava encostada na parede, nua, vendo-o lutar para não prender os dedos na própria armadilha. Ela estava mordiscando o chocolate que ele havia deixado para o rato, seus braços cruzados sobre o peito.

— Eu o chamo de caçador agora, mas já alertei todas as corujas a seu respeito.

Ele apertou o peito com a mão e fitou o rosto pálido e indignado dela. Ele ia dar um tiro nela. Se estivesse com suas armas, ia fazer isso. Ele ia mirar no estômago dela. Imaginou como seguraria a arma e cronometrou o momento de puxar o gatilho. Ela iria cair no chão, seus olhos cinzentos abertos e opacos, um buraco ensanguentado na barriga. Ele piscou os olhos e viu que ela ainda estava encostada na parede, desafiando-o com o chocolate que ele havia colocado com tanto cuidado na armadilha. Ela parecia magra e patética, e ele percebeu que a assustara.

— Desculpe por eu ter sido tão abrupto.

— Sim. — Ela balançou a cabeça como se de repente eles fossem grandes amigos. — Você me deu um susto, mas eu já estava mesmo assustada.

Ele também estava apavorado. Por um momento, cogitou seriamente contar seu pesadelo para ela.

— Por que você mata animais e pássaros, Mitchell?

Ela era quase bonita, com sua cintura fina e seu cabelo comprido brilhando no escuro, mas maltratada também, não muito diferente de alguém pedindo esmola do lado de fora de uma estação de trem, segurando um cartaz dizendo que não tinha onde morar e que estava com fome.

— Isso afasta os pensamentos da minha cabeça — ele se viu dizendo como se fosse verdade, e era mesmo.

— Que tipo de pensamentos?

Mais uma vez ele cogitou contar a ela algumas das preocupações que pesavam em sua mente, mas desistiu bem a tempo. Ele não podia fazer confidências para uma pessoa louca como ela.

— Você é um fodido, Mitchell. Pare de matar coisas e vai se sentir melhor.

— Você não tem casa? — Ele achou que tinha falado com boas intenções, mas mesmo a seus próprios ouvidos aquilo soou como um insulto.

— É, eu estou morando com minha mãe no momento, mas não é a minha casa.

Quando ela se ajoelhou para ajudá-lo a soltar o velho coelho de brinquedo que fez da armadilha dele uma piada, ele não conseguiu entender por que achava que alguém tão triste como ela pudesse ser perigosa.

— Sabe de uma coisa? — Desta vez Mitchell achou que estava mesmo sendo bem-intencionado. — Se você usasse roupas com mais frequência em vez de ficar andando nua por aí, você pareceria mais normal.

DESAPARECIDA

O sumiço de Nina só foi descoberto às sete da manhã, depois que Joe chamou por ela porque tinha perdido sua caneta-tinteiro especial. Sua filha era a pessoa que sempre a encontrava para ele, a qualquer hora, um drama que Laura já tinha visto acontecer pelo menos uma dúzia de vezes naquelas férias. Sempre que Nina devolvia vitoriosamente a caneta para o pai exagerado e desamparado, ele a abraçava e gritava melodramaticamente:
— Obrigado, obrigado, obrigado. — Geralmente em diversas línguas: polonês, português, italiano. Na véspera tinha sido
— *Danke, danke, danke.*

Ninguém podia acreditar que Joe estivesse mesmo gritando para a filha procurar sua caneta de manhã tão cedo, mas foi o que ele fez e Nina não respondeu. Isabel entrou no quarto da filha e viu que as portas que davam para a varanda estavam abertas. Ela puxou o edredom, esperando vê-la escondida debaixo das cobertas. Nina não estava lá e o lençol estava manchado de sangue. Quando Laura ouviu Isabel soluçando, correu para o quarto e encontrou a amiga apontando para a cama, emitindo ruídos estranhos pela boca. Ela estava pálida, mortalmente pálida, balbuciando palavras que soaram aos ouvidos de Laura como "osso" ou "cabelo" ou "ela não está aqui;" era difícil entender o que estava dizendo.

Laura sugeriu que fossem procurar por Nina no jardim e a empurrou para fora do quarto. Passarinhos desciam voando para beber a água verde e parada da piscina. Uma caixa de chocolates com cereja da véspera estava derretendo na cadeira azul de Mitchell, coberta de formigas. Havia duas toalhas molhadas abertas sobre as espreguiçadeiras de lona e, no meio delas, como uma conversa interrompida, estava a cadeira de madeira que Isabel tinha levado para fora para Kitty Finch. Sob ela, a caneta-tinteiro de Joe.

Este era o espaço rearrumado de ontem. Elas caminharam no meio dos ciprestes e entraram no jardim ressecado. Fazia meses que não chovia e Jurgen tinha se esquecido de regar as plantas. As madressilvas estavam morrendo, o solo sob a grama marrom estava duro e rachado. Debaixo do pinheiro mais alto, Laura viu o biquíni molhado de Nina sobre as agulhas da árvore. Quando ela se inclinou para apanhá-lo, não pôde deixar de pensar que as cerejas estampadas no tecido pareciam manchas de sangue. Enfiou a mão no bolso para procurar a pequena calculadora de aço inoxidável que Mitchell e ela tinham comprado para fazer suas contas.

— Nina está bem, Isabel. — Ela passou os dedos sobre a calculadora como se os números e símbolos que sabia estarem ali, o m+ e o m-, o x e o ponto decimal, fossem acabar quando Nina aparecesse. — Ela deve ter ido dar um passeio. Quer dizer, ela tem catorze anos, ela não foi— ela estava prestes a dizer "assassinada", mas mudou de ideia e disse "raptada".

Ela não terminou a frase porque Isabel estava correndo tão depressa e com tanta força no meio dos ciprestes que as árvores ficaram um tempão balançando. Laura observou o caos momentâneo das árvores. Era como se tivessem sido desequilibradas e não soubessem como retomar sua antiga forma.

MÃES E FILHAS

O quarto extra estava escuro e quente porque as janelas estavam fechadas e as cortinas cerradas. Havia um par de sandálias sujas sobre um emaranhado de ervas secando no chão. O cabelo vermelho de Kitty se espalhava sobre um travesseiro sujo e cheio de calombos, seus braços sardentos abraçando Nina, agarrada no coelho de pelúcia que era o seu último e embaraçoso elo com a infância. Isabel sabia que Nina estava acordada e que fingia dormir sob o que parecia ser uma toalha de mesa engomada. Aquilo parecia uma mortalha.

— Nina, levante-se. — A voz de Isabel saiu mais áspera do que ela pretendia.

Kitty abriu seus olhos cinzentos e sussurrou:

— Nina ficou menstruada durante a noite, então veio dormir comigo.

As meninas estavam sonolentas e satisfeitas nos braços uma da outra. Isabel notou que os livros muito manuseados que Kitty havia colocado nas prateleiras, cerca de seis deles, eram todos do marido dela. Havia dois botões de rosa cor-de-rosa num copo d'água ao lado deles. Rosas que só podiam ter sido apanhadas no jardim da frente de Madeleine Sheridan, sua tentativa de criar uma recordação da Inglaterra na França.

Ela se lembrou do estranho comentário de Kitty na manhã anterior, depois que elas nadaram juntas: "A poesia de Joe é mais como uma conversa comigo do que qualquer outra coisa." Que tipo de conversa Kitty Finch estava tendo com o marido dela? Ela devia insistir com sua filha para se levantar da cama e sair daquele quarto quente como uma estufa? Kitty estava obviamente guardando energia para aquecer suas plantas. Ela havia criado um mundo pequeno, quente, caótico, cheio de livros e frutas e flores, um estado secundário no país da casa de veraneio com suas gravuras de Matisse e Picasso com molduras malfeitas e penduradas nas paredes. Duas abelhas andavam pelas cortinas amarelas, procurando uma janela aberta. O armário estava aberto e Isabel viu uma capa branca de plumas pendurada no canto. Esbelta e bonita com suas sandálias de borracha e seus velhos vestidos de verão, parecia que Kitty Finch era capaz de se sentir à vontade em qualquer lugar. Ela devia insistir com Nina para se levantar e voltar para seu quarto limpo e solitário no andar de cima? Arrancá-la dos braços de Kitty pareceu ser uma coisa violenta demais. Ela se inclinou e beijou a sobrancelha escura da filha, que estava tremendo de leve.

— Venha falar comigo quando acordar.

Os olhos de Nina estavam fechados com muita força. Isabel fechou a porta.

Quando entrou na cozinha, ela disse a Jozef e a Laura que Nina estava dormindo com Kitty.

— Ah. Foi o que eu achei. — O marido coçou o pescoço e desapareceu no jardim para pegar sua caneta, que, Laura informou a ele, estava "debaixo da cadeira de Kitty". Ele havia coberto seus ombros nus com uma fronha branca e parecia um padre que ordenara a si mesmo. Fazia isso para evitar queimar os ombros enquanto escrevia ao sol, mas deixava Laura furiosa assim mesmo. Quando ela tornou a olhar, ele estava examinando a pena dourada da caneta como se ela tivesse sofrido algum dano. Ela abriu a geladeira. Mitchell queria uma fatia de queijo azedo para pôr na armadilha que preparou para o rato marrom que tinha visto correndo pela cozinha à noite. Ele roera o salame pendurado num gancho acima da pia, e Mitchell fora obrigado a jogar o salame fora. Sentia menos nojo do que indignação pelo desgraçado que roeu a comida que ele comprou com seu dinheiro suado. Tomou aquilo como uma ofensa pessoal, como se os ratos estivessem roendo lentamente a sua carteira.

PAIS E FILHAS

Então sua filha desaparecida estava dormindo na cama de Kitty. Joe sentou-se no jardim na sua escrivaninha improvisada, esperando passar o pânico que fizera seus dedos ferirem a parte de trás do pescoço, enquanto via a esposa conversando com Laura dentro de casa. Sua respiração estava ofegante, ele lutava para respirar. Teria pensado que Kitty Finch, que havia parado de tomar Seroxat e devia estar sofrendo, surtara e matara sua filha? Sua esposa vinha andando em sua direção por entre os ciprestes. Ele mexeu com as pernas como se uma parte dele quisesse sair correndo dela ou talvez correr na direção dela. Realmente não sabia que caminho tomar. Ele podia tentar dizer algo a Isabel, mas não sabia ao certo como começar porque não tinha certeza de como iria terminar. Havia horas em que achava que ela mal podia olhar para ele sem esconder o rosto no cabelo. E ele também não podia olhar para ela, porque a havia traído muitas vezes. Talvez agora ele pudesse pelo menos tentar lhe dizer que quando ela abandonava a filha pequena para dormir numa tenda com escorpiões, ele compreendia que fazia mais sentido para ela levar um tiro numa zona de guerra do que ouvir as mentiras dele na segurança de sua própria casa. Ainda assim, ele sabia que a filha tinha chorado por causa dela quando era pequena, e depois aprendera a não chorar porque isso não a trazia de volta. Da mesma forma (este assunto estava sempre dando voltas e mais voltas em sua mente), a infelicidade da filha causava a ele, o pai, sentimentos que não conseguia controlar com dignidade. Ele contara aos seus leitores que fora mandado para o colégio interno por seus tutores e que costumava ver os pais dos seus colegas irem embora nos dias de visita (domingos), e que se seus próprios pais também o tivessem visitado, ele teria ficado para sempre parado sobre as marcas de pneu que o carro deles deixava na terra. Sua mãe e seu pai eram visitantes noturnos, não visitantes diurnos. Apareciam para ele em sonhos que eram instantaneamente esquecidos, mas ele achava que estavam tentando encontrá-lo. O que mais o preocupara foi a ideia de que eles talvez não soubessem palavras suficientes em inglês para se fazerem entender. Meu filho Jozef está aqui? Nós já o procuramos no mundo inteiro. Ele tinha gritado por eles e depois aprendido a não gritar porque isso não os trazia de volta. Ele olhou para a sua esposa inteligente e bronzeada com seu cabelo escuro escondendo o rosto. Esta era a conversa que poderia começar ou terminar algo, mas ela saiu mal, muito vaga e prejudicada. Ele perguntou se ela gostava de mel.

— Sim. Por quê?

— Porque eu sei tão pouco sobre você, Isabel.

Ele enfiaria a pata em cada oco de árvore para pegar o favo de mel e o colocaria aos pés dela se achasse que ela poderia ficar mais um pouco com ele e o filhote deles. Ela parecia hostil e solitária, e ele entendeu. Ele provavelmente a enojava. Ela preferia até a companhia de Mitchell à dele.

Ele a ouviu dizer:

— O mais importante a fazer durante o resto do verão é garantir que Nina fique bem.

— É claro que Nina está bem — respondeu ele zangado. — Eu cuido dela desde que ela tem três anos de idade e ela está muito bem, não está?

E então ele pegou o caderno e a caneta-tinteiro preta que desaparecera naquela manhã, sabendo que Isabel ficava derrotada toda vez que ele parecia estar escrevendo e toda vez que ele falava sobre a filha deles. Estas eram suas armas para silenciar a esposa e mantê-la em sua vida, para manter sua família intata, defeituosa e hostil, mas ainda uma família. Sua filha era sua maior vitória naquele casamento, a única coisa que ele tinha feito certo.

— *sim sim sim ela disse sim sim sim ela gosta de mel* — a caneta dele rabiscou agressivamente estas palavras na página enquanto ele via uma borboleta branca voando sobre a piscina. Era como respirar. Era um milagre. Um assombro. Ele e a esposa sabiam coisas impossíveis de saber. Ambos tinham visto vidas dizimadas. Isabel registrava e testemunhava catástrofes para tentar fazer as pessoas lembrarem. Ele tentava fazer ele mesmo esquecer.

JUNTANDO PEDRAS

— Tem um buraco no meio.

Kitty levantou uma pedra do tamanho da mão dela e a entregou a Nina para olhar pelo buraco. Elas estavam sentadas numa das praias públicas de Nice abaixo da Promenade des Anglais. Kitty dizia que nas praias particulares a pessoa tinha que pagar uma fortuna por cadeiras e barracas. Todo mundo parecia paciente de hospital deitado numa cama hospitalar, e ela achava isso sinistro. O sol estava deixando manchas vermelhas no seu rosto muito pálido.

Nina olhou obedientemente pelo buraco. Ela viu uma moça sorrindo, uma pedra roxa incrustrada no seu dente da frente. Quando ela virou a pedra, a mulher estava esvaziando uma sacola de comida. Havia outra mulher lá, sentada numa cadeira de lona listrada, e ela segurava um grande cachorro branco pela coleira com a mão direita. O cachorro parecia um lobo da neve. Um husky de olhos azuis. Nina fitou os seus olhos azuis pelo buraco na pedra. Ela não tinha certeza, mas achava que o lobo da neve estava desamarrando os cadarços do sapato da mulher com a pedra incrustada no dente. Nina viu tudo isso em fragmentos pelo buraco na pedra. Quando tornou a olhar, viu que a mulher de camiseta preta só tinha um braço. Ela virou a pedra no sentido do comprimento e espiou por ela, fechando um pouco o olho. Uma cadeira de rodas elétrica decorada com conchas estava parada perto da cadeira de lona. Agora as mulheres estavam se beijando. Como amantes. Ao vê-las abraçadas, a respiração de Nina ficou mais alta. Ela passara o feriado todo pensando no que faria se algum dia ficasse sozinha com Claude. Ele a convidara para ir ao seu café, para o que descreveu como sendo um aperitivo. Ela não sabia direito o que era aquilo e, de qualquer maneira, acontecera algo que mudou tudo.

Na noite passada quando acordou, ela descobriu que tinha menstruado pela primeira vez. Tinha vestido o biquíni porque foi a única coisa que conseguiu encontrar, e bateu na porta de Kitty para contar-lhe a novidade. Kitty estava acordada na cama, deitada sob uma velha toalha de mesa, e tinha enrolado um dos seus vestidos para fazer um travesseiro.
— Eu fiquei.
A princípio, Kitty não entendeu o que ela estava dizendo. Depois, ela agarrou a mão de Nina e elas correram para o jardim. Nina podia ver sua sombra na piscina e no céu ao mesmo tempo. Ela era alta e comprida, não havia fim nem começo para ela, seu corpo se estendia, enorme. Ela queria nadar e, quando Kitty insistiu que o sangue não tinha importância, tomou coragem, tirou o biquíni e ficou nua, vendo sua sombra fina desamarrar as tiras com mais coragem do que realmente sentia. Por fim, ela pulou na piscina e se escondeu sob o cobertor de folhas que flutuava na água, sem saber o que fazer com seu novo corpo porque ele estava se transformando em algo estranho e intrigante para ela.

Kitty nadou até lá e apontou para as lesmas prateadas sobre as pedras. Ela disse que as estrelas espalhavam sua poeira por toda parte. Havia pedacinhos de estrelas sobre as lesmas. E então ela piscou os olhos.

Blá-blá-blá-blá piscou.

Parada, nua, na água, Nina fingiu que tinha um grave problema de fala e gaguejou em sua cabeça. Sentiu-se como se fosse outra pessoa. Como alguém que tinha começado. Alguém que não era ela. Ela se sentiu imensamente feliz e mergulhou a cabeça na água para celebrar o milagre da chegada de Kitty Finch. Ela não estava sozinha com Laura e Mitchell e sua mãe e seu pai que ela não tinha certeza de que gostavam um do outro, muito menos de que amavam um ao outro.

Nina atirou a pedra no mar, o que pareceu deixar Kitty aborrecida. Ela se levantou e puxou Nina.

— Tenho que juntar mais pedras. Aquela que você jogou fora era perfeita.

— Por que você quer pedras?

— Para estudá-las.

Nina estava mancando porque seu tênis estava roçando nas bolhas que tinha nos calcanhares.

— Elas são muito pesadas para carregar — gemeu ela. — Quero ir embora agora.

Kitty estava suando e seu hálito tinha um cheiro doce.

— Tudo bem, desculpe por ter desperdiçado o seu tempo. Você alguma vez limpou um chão, Nina? Alguma vez ficou de quatro com um pano na mão enquanto sua mãe gritava para você limpar os cantos? Você já passou aspirador na escada e recolheu o lixo?

A garota mimada com seu short caro (Kitty tinha visto a etiqueta) e todas as suas arestas aparadas tinha obviamente chegado aos catorze anos sem levantar um dedo.

— Você precisa de alguns problemas de verdade para levar de volta para sua casa chique em Londres.

Kitty largou no chão a mochila cheia de pedras e entrou no mar com seu vestido cor de manteiga que ela disse que a deixava muito contente. Nina a viu mergulhar numa onda. A casa em Londres a que Kitty se referiu não era exatamente acolhedora. Seu pai estava sempre no escritório. Sua mãe sempre viajando, seus sapatos e vestidos arrumados no guarda-roupa como alguém que tivesse morrido. Quando ela estava com sete anos e sempre tinha lêndeas no cabelo, a casa cheirava a poções mágicas que ela costumava fazer com os cremes da mãe e a espuma de barbear do pai. A grande casa no oeste de Londres cheirava também a outras coisas. Às namoradas do pai e seus diversos xampus. E ao perfume do pai, feito para ele por uma mulher suíça de Zurique que se casou com um homem que tinha dois cavalos de exibição na Bulgária. Ele dizia que os perfumes dela "abriam sua mente", especialmente seu favorito, que se chamava Água Húngara. A casa chique cheirava ao seu status especial e aos lençóis que ele sempre punha na máquina de lavar depois que suas namoradas iam embora de manhã. E à geleia de damasco que ele comia direto do pote. Ele dizia que geleia mudava o clima dentro dele, mas ela não sabia qual era o clima antes.

Ela meio que sabia. Às vezes, quando entrava no escritório dele, ela o achava uma figura triste, encurvado no seu roupão, silencioso e imóvel como se tivesse sido pregado ali. Ela se acostumara com os dias em que ele ficava afundado na cadeira e se recusava a olhar para ela ou mesmo se levantar por noites intermináveis. Ela fechava a porta do escritório e levava canecas de chá para ele que ele nunca bebia, porque elas continuavam lá quando conversava com ele de trás da porta (uma camada de gordura cinzenta cobrindo o chá) e lhe pedia dinheiro para o almoço ou para ele assinar uma carta autorizando uma excursão da escola. No fim, ela as assinava com a caneta-tinteiro dele, motivo pelo qual ela sempre sabia onde estava, geralmente debaixo da cama dela ou de cabeça para baixo no banheiro junto com as escovas de dente. Ela desenhara uma assinatura que podia sempre replicar, J.H.J. com um ponto entre as letras e um floreio no último J.

Após algum tempo, ele normalmente se animava e a levava ao Angus Steak House, onde eles se sentavam no mesmo banquinho de veludo vermelho desbotado. Eles nunca falavam sobre a infância dele ou sobre suas namoradas. Isto não era tanto um pacto secreto entre eles, era mais como ter um pequeno caco de vidro enfiado na sola do pé, sempre lá, um tanto doloroso, mas ela conseguia conviver com ele.

Quando Kitty voltou, o vestido pingando, ela estava dizendo algo mas o husky latia para uma gaivota. Nina podia ver os lábios de Kitty se movendo e sabia, com um sentimento dolorido dentro dela, que ainda estava zangada ou que alguma coisa estava errada. Enquanto caminhavam até o carro, Kitty disse:

— Vou me encontrar com o seu pai no café do Claude amanhã. Ele vai conversar comigo sobre o meu poema. Nina, eu estou tão nervosa. Eu devia ter arranjado um emprego de verão num pub em Londres e não me incomodar com isso. Eu não sei o que vai acontecer.

Nina não estava prestando atenção. Acabara de ver um garoto de short prateado andando de patins pela esplanada com um saco de limões debaixo do braço bronzeado. Ele parecia um pouco com Claude, mas não era ele. Quando ouviu um pássaro piar no que pareceu ser um grito de agonia, ela não ousou olhar para trás para a praia. Achou que o husky ou lobo da neve podia ter agarrado a gaivota. Talvez isso não estivesse acontecendo, e, de todo modo, ela acabara de avistar a senhora que morava na casa ao lado andando no passeio. Ela conversava com Jurgen, que estava usando óculos escuros roxos no formato de corações. Nina chamou e acenou.

— Aquela é Madeleine Sheridan, nossa vizinha.

Kitty olhou para cima.

— Sim, eu sei. A bruxa malvada.

— Ela é?

— Sim. Ela me chama de Katherine e quase me matou.

Depois de dizer isso, Kitty fez uma coisa tão sinistra que Nina disse a si mesma que não tinha visto direito. Ela se inclinou para trás de modo que seu cabelo cor de cobre foi até a parte de trás dos seus joelhos e sacudiu a cabeça de um lado para o outro muito depressa enquanto sacudia as mãos sobre a cabeça. Nina pôde ver as obturações dos seus dentes. E depois ela levantou a cabeça e fez um gesto obsceno na direção de Madeleine Sheridan.

Kitty Finch era louca.

AJUDA MÉDICA DE ODESSA

Madeleine Sheridan estava tentando pagar por um saquinho de nozes caramelizadas que comprara do vendedor mexicano no passeio. O cheiro de açúcar queimado a deixou com vontade de comer as nozes que iriam, finalmente, ela esperava, fazer com que morresse engasgada. Suas unhas estavam desmoronando, seus ossos enfraquecendo, seu cabelo ficando ralo, sua cintura tinha desaparecido para sempre. Ela se tornara um sapo na velhice e, se alguém ousasse beijá-la, não se transformaria numa princesa porque nunca tinha sido uma princesa para início de conversa.

— Estas malditas moedas. O que é isto aqui, Jurgen? — Antes que Jurgen pudesse responder, ela murmurou: — Você viu Kitty Finch fazendo *aquilo* para mim?

Ele encolheu os ombros.

— Claro. Kitty Ket tem algo a dizer para você. Mas agora ela tem novos amigos para ficar feliz. Eu tenho que agendar a equitação para Nina. A Ket vai levá-la.

Ela deixou que ele segurasse seu braço e a conduzisse (um pouco depressa demais) para um dos bares na beira da praia. Ele era a única pessoa com quem ela conversava mais detalhadamente sobre sua vida na Inglaterra e a fuga do seu casamento. Ela apreciava a letargia que o tornava acrítico. Apesar da diferença de idade entre eles, ela gostava da companhia dele. Não tendo o que fazer na vida a não ser viver a vida e as histórias dos outros, ele sempre a fez sentir-se uma pessoa digna e não infeliz, provavelmente porque ele não prestava atenção.

•

Hoje ela mal prestou atenção nele. A chegada de Kitty Finch era uma má notícia. Era isto que ela estava pensando enquanto contemplava um barco deixando cicatrizes cobertas de espuma no mar azul-claro. Quando achou uma mesa na sombra e a ajudou a se sentar numa cadeira pequena demais para um sapo, ele não pareceu perceber que ela teria que entortar o corpo em posições que a fariam sentir dor. Era falta de atenção da parte dele, mas ela estava desorientada demais pela visão de Kitty Finch para se importar.

Ela tentou se acalmar, insistindo com Jurgen para que tirasse os óculos escuros.

— É como olhar para dois buracos negros, Jurgen.

Ela faria aniversário dali a quatro dias e, naquele momento, estava com sede naquele calor, quase morta de sede. Aguardara com ansiedade o encontro deles para almoçar. Naquela manhã, ela telefonara para seu restaurante favorito para ver o que havia no cardápio, onde sua mesa estava posicionada e para pedir ao maître que guardasse uma vaga para ela estacionar bem na frente da porta em troca de uma boa gorjeta. Ela gritou para um garçom trazer um uísque e uma Pepsi para Jurgen, que não gostava de álcool por razões espirituais. Era difícil para uma velha conseguir a atenção de um garçom quando ele estava ocupado servindo uma mulher sem sutiã tomando sol de tanga. Tinha lido sobre *siddhas* iogas que dominavam a invisibilidade humana por intermédio de uma combinação de concentração e meditação. De alguma forma, ela conseguira tornar seu corpo imperceptível para o garçom sem nenhum treino. Ergueu os dois braços e acenou para ele como se estivesse sinalizando para a descida de um avião numa ilha deserta. Jurgen apontou para o acordeonista de Marselha empoleirado num caixote de madeira ao lado da máquina de pinball. O músico estava suando num terno preto três números maior do que ele.

— Ele vai tocar num casamento esta tarde. O criador de abelhas de Valbonne me contou. Se eu me casasse, pediria a ele que tocasse no meu casamento, também.

Madeleine Sheridan, bebericando seu uísque conseguido com tanta dificuldade, ficou surpresa com o tom repentinamente esganiçado da sua própria voz.

— Casamento não é uma boa ideia, Jurgen. De jeito nenhum. Ela começou a contar a ele (de novo) que as duas grandes partidas da sua vida foram deixar a família para estudar medicina e deixar o marido para viver na França. Chegara à conclusão de que não se satisfazia com o amor por Peter Sheridan, e trocou uma vida respeitável de infelicidade pela infelicidade não respeitável de ser uma mulher que havia rompido seus elos com o amor. Agora, olhando para o companheiro, cuja voz estava sacudindo tudo, parecia que no coração defeituoso dele (cigarros demais) ele queria amarrar o nó, fechar o círculo de sua vida solitária, o que francamente era uma afronta.

Isso a fez lembrar do dia em que eles estavam caminhando na praia em Villefranche e viram um casamento acontecendo no cais. As damas de honra estavam vestidas de tafetá amarelo e a noiva de cetim creme e amarelo. Ela havia debochado em voz alta, mas o que o hippie Jurgen tinha dito?

— Dê uma chance a eles.

Este era o mesmo homem que poucos meses antes tinha dito à namorada que nada lhe indicava que casamento era uma boa ideia. Ela não acreditou nele e o levou para um churrasco argentino para pedi-lo em casamento. Pilhas de madeira perfumada. Nacos de carne dos pampas atirados no fogo. A namorada comeu carne vermelha até notar que Jurgen não estava comendo e lembrar que ele era um vegetariano militante. Talvez ela tivesse rido alto demais quando ele lhe contou aquilo.

— Eu acho que Kitty Finch quer me prejudicar.

— *Ach, nein*. — Jurgen franziu a testa como se estivesse sentindo uma dor. — A Ket só prejudica a si mesma. Claude me perguntou por que Madame Jacobs insistiu para ela ficar. Mas eu não faço ideia do motivo.

Ela olhou para o amigo com seus olhos embaçados e míopes.

— Eu acho que ela quer que a bela garota maluca distraia seu marido para que ela possa finalmente deixá-lo.

Jurgen de repente quis pagar um drinque para o acordeonista. Ele chamou o garçom e disse a ele que oferecesse uma cerveja ao homem de terno grande demais para ele. Madeleine viu o garçom murmurar no ouvido do músico e tentou esquecer como conheceu Kitty Finch no túnel ao lado do mercado das flores em Cours Saleya quatro meses antes. O encontro delas era mais uma coisa que queria acrescentar à longa lista de coisas que ela queria esquecer.

Encontrara a garota inglesa de cabelos vermelhos numa fresca manhã de primavera quando estava indo comprar duas barras de sabonete de Marselha, uma de óleo de palmeira, a outra, de óleo de oliva, ambas misturadas com plantas aquáticas do Mediterrâneo pelo fabricante local de sabão. Kitty estava nua e falando sozinha num caixote de ameixas podres que os fazendeiros tinham jogado fora no final do dia. Os homens sem teto que dormiam no túnel estavam rindo dela, fazendo observações lúbricas sobre seu corpo nu. Quando Madeleine Sheridan perguntou o que tinha acontecido com suas roupas, ela disse que estavam na praia. Madeleine se ofereceu para ir de carro até a praia e pegar suas roupas. Kitty podia ficar exatamente onde estava e esperar por ela. E então ela a levaria de volta para a casa de veraneio onde estava hospedada para estudar plantas montanhosas. Ela costumava ficar lá quando Rita Dwighter não a alugava para gerentes de fundos de investimento aposentados, porque a mãe de Kitty tinha sido faxineira dela. A sra. Finch era a mão direita de Rita Dwighter, sua secretária e cozinheira, mas principalmente sua faxineira, porque a mão direita dela estava sempre segurando um esfregão.

Kitty Finch insistiu que ela fosse embora ou, então, ela ia gritar pela polícia. Madeleine Sheridan poderia tê-la deixado lá, mas não o fez. Kitty era jovem demais para ficar falando sozinha no meio dos homens de olhos mortos que olhavam para seus seios. Para sua surpresa, a garota maluca de repente mudou de ideia. Aparentemente, deixara seu jeans, uma camiseta e um par de sapatos, seus sapatos favoritos de bolinhas vermelhas, na praia em frente ao Hotel Negresco. Kitty se inclinou para ela e cochichou em seu ouvido:

— Obrigada. Vou esperar aqui enquanto você vai buscar. — Madeleine Sheridan virou a esquina e quando pensou que Kitty não podia mais vê-la, ela chamou uma ambulância.

Em sua opinião, Katherine Finch estava sofrendo de ansiedade psicótica, perda de peso, falta de sono, agitação, pensamentos suicidas, pessimismo a respeito do futuro, dificuldade de concentração.

O músico ergueu o copo de cerveja num gesto de agradecimento para o homem de quadris sinuosos sentado com a velha senhora.

Kitty Finch sobrevivera ao diagnóstico. Sua mãe a levou de volta à Inglaterra e ela passou dois meses num hospital em Kent, o Jardim da Inglaterra. Aparentemente, as enfermeiras eram da Lituânia, de Odessa e Kiev. Com seus uniformes brancos, elas pareciam flocos de neve nos gramados bem aparados do hospital.

Foi isso que Kitty Finch contou à mãe e que a sra. Finch contou a Madeleine, que ficou estarrecida ao saber que as enfermeiras fumavam sem parar no intervalo do almoço.

Jurgen cutucou-a com o cotovelo. O acordeonista de Marselha estava tocando uma música para ela. Ela estava agitada demais para ouvir. Kitty tinha sobrevivido e agora tinha voltado para castigá-la. Talvez até para matá-la. Por que outro motivo estaria aqui? Ela não achava que Kitty era uma pessoa confiável para levar Nina à praia e pelas estradas perigosas da montanha. Ela devia dizer isso a Isabel Jacobs, mas não conseguia conversar com ela sobre o assunto. Se ela estava indo comprar sabonete e tinha acabado chamando uma ambulância, não achava que suas mãos estivessem inteiramente limpas. Mesmo assim, ficar nua num lugar público, ficar pulando para frente e para trás enquanto dizia coisas incoerentes, isto a deixara assustada pela infeliz jovem. Era impossível acreditar que alguém não queria ser salva de sua incoerência.

Quando o acordeonista acenou para Jurgen, o caseiro soube que estava com sorte. Compraria um pouco de haxixe e Claude e ele iam fumar e sair da Riviera enquanto todos os turistas queriam ir para lá. Ele tornou a colocar seus óculos escuros roxos e disse a Madeleine Sheridan que se sentia muito feliz hoje, mas que também estava com uma certa prisão de ventre. Ele achava que seu intestino estava bloqueado, e isto porque não tinha vivido seu sonho. Qual era o seu sonho? Ele tomou um gole de Pepsi e notou que a doutora inglesa tinha se enfeitado para o almoço. Ela havia passado batom e seu cabelo, o que restava dele, havia sido lavado e enrolado. Ele não podia dizer a ela que seu sonho era ganhar na loto e se casar com Kitty Ket.

TERÇA-FEIRA

LENDO E ESCREVENDO

Joe Jacobs estava deitado de costas no quarto principal, como era descrito no folheto publicitário da casa de veraneio, louco por um curry. O lugar onde ele mais queria estar no momento era na oficina do seu alfaiate hindu em Bethnal Green. Cercado de seda. Tomando chá doce. O que ele sentia saudade nos Alpes Marítimos era de dhal. Arroz. Iogurte. E ônibus. Ele sentia saudade dos ônibus de dois andares. E de jornais. E de previsões do tempo. Às vezes ele se sentava em seu escritório no oeste de Londres com o rádio ligado e ouvia atentamente como estava o tempo na Escócia, na Irlanda e em Gales. Se o sol estivesse brilhando no oeste de Londres, ele ficava confortado em saber que ia nevar na Escócia e chover em Gales. Agora ele ia ter que sentar e não deitar. Pior, ele ia ter que se levantar e procurar o poema de Kitty Finch no quarto. Ao longe, podia ouvir Mitchell matando coelhos no pomar. Ajoelhou-se no chão e agarrou o envelope que tinha chutado para debaixo da cama. Segurou o envelope amassado nas mãos e se viu olhando para o título escrito com a letra clara e científica de uma botânica acostumada a fazer desenhos precisos de plantas e etiquetá-los.

Nadando de volta para casa
Kitty Finch

Quando finalmente tirou o papel do envelope, ele ficou surpreso ao sentir a mão tremendo do jeito que a mão do pai tremeria se ele tivesse vivido o bastante para consertar chaleiras na velhice. Ele segurou o papel perto dos olhos e se obrigou a ler as palavras que flutuavam na página. E então ele afastou a página dos olhos e tornou a ler. Não havia ângulo que a tornasse mais fácil de entender. As palavras dela estavam por toda parte, nadando ao redor das extremidades do retângulo de papel, às vezes desaparecendo, mas voltando ao centro do papel pautado com sua mensagem triste e final. O que ela esperava que ele pudesse lhe dizer depois de ter lido? Ele estava desconcertado. Uma van vendendo peixe tinha parado em frente a casa. A voz que berrava no alto-falante dizia os nomes dos peixes. Alguns eram *grand*, outros eram *petit*. Alguns custavam seis francos e alguns custavam treze francos. Nenhum deles tinha nadado de volta para casa. Todos tinham sido apanhados no caminho. A fita colante que selara a boca do envelope o fez lembrar de um curativo num machucado. Ele respirou fundo e soltou o ar devagar. Ele ia ter que improvisar no almoço com ela. Checou o bolso interno do paletó para ter certeza de que sua carteira estava lá e chutou o envelope para debaixo da cama, dizendo a si mesmo mais uma vez o quanto odiava terças. E quartas, quintas, sextas etc.

 et cetera
 Uma expressão latina que queria dizer "e outras coisas" ou "e assim por diante" ou "e todo o resto". O poema "Nadando de volta para casa" era feito principalmente de etcs.; ele tinha contado sete deles só em uma metade de página. Que tipo de linguagem era essa?

Minha mãe diz que eu sou a única joia em sua coroa
Mas eu a cansei com todos os meus etc.,
Então ela agora anda de bengala

Aceitar a linguagem dela era aceitar que ela o tinha, ao seu leitor, em grande estima. Ele estava sendo solicitado a compreender o que ela estava dizendo, e o que ele compreendia era que todo etc. escondia algo que não podia ser dito.

Kitty esperava por ele no terraço do café Claude. Para seu desagrado, ele notou que Jurgen estava sentado na mesa em frente a ela. Ele parecia estar brincando com um pedaço de barbante, enrolando-o nos dedos para fazer uma teia de aranha. Estava se tornando claro para ele que Jurgen era uma espécie de cão de guarda de Kitty Finch, não exatamente mostrando os dentes para todos os intrusos, mas, ainda assim, protetor e possessivo. Ele parecia ter esquecido que ela é que era a intrusa. Mesmo assim, Jurgen estava ali, obviamente, para garantir que qualquer pessoa que se aproximasse dela fosse um visitante bem-vindo e não um invasor. Ele não parecia gozar de muita afeição da parte dela. Era como se ela soubesse que ele nunca deveria ser acariciado e agradado e que só se sentisse alerta em relação a ela.

— Olá, Joe. — Kitty sorriu. Sua testa parecia ter sido passada com ferro quente. Ela era ruiva e o sol tinha sido brutal com sua pele clara.

Ele a cumprimentou, fazendo tilintar as moedas que tinha no bolso do paletó ao se sentar.

— Você devia usar protetor solar, Kitty — disse ele paternalmente.

Claude, que sabia que se parecia mais com Mick Jagger a cada dia e que se esforçava bastante para acentuar este feliz acidente genético, foi até a mesa deles carregando uma garrafa grande de água mineral e dois copos. Joe viu isto como uma oportunidade para passar o tempo e evitar falar no poema que tinha chutado para debaixo da cama junto com as baratas etc.

Ele se virou para Kitty.

— Você pediu isso?

Ela sacudiu a cabeça e fez uma cara feia para Claude. Joe se viu gritando com o garçom de beiço espichado.

— O que há de errado com água da bica?

Claude olhou para ele com franco desagrado.

— Água da bica é cheia de hormônios.

— Não é não. Água mineral é um truque para tirar mais dinheiro dos turistas.

Joe pôde ouvir Claude rindo. O único outro som era dos pássaros. E o zumbido nervoso dentro de Kitty Finch, que era um pássaro ou algo meio mágico de qualquer maneira. Ele não conseguiu olhar para ela. Então fixou os olhos em Claude.

— Diga-me, senhor. O seu país é incapaz de produzir uma água própria para beber?

Claude, com o maneirismo de um cafetão barato exibindo suas novas abotoaduras de brilhante, desatarraxou a tampa da garrafa d'água gelada e caminhou na direção dos cachorros, que estavam dormindo debaixo do castanheiro. Ele piscou para Jurgen enquanto derramava a água nas tigelas lascadas de cerâmica que estavam perto dos cachorros. Os cachorros beberam a água com indiferença e depois desistiram. Claude deu um tapinha nas cabeças deles e voltou para o café. Quando tornou a sair, ele estava carregando um copo de água morna da bica, que entregou ao poeta inglês.

Joe ergueu o copo contra o sol.

— Eu suponho — ele girou para o caseiro, que ainda estava desamarrando o barbante — que este copo d'água venha de um pântano pútrido. — Ele bebeu toda a água de uma vez só e apontou para o copo vazio. — Isto é água. Ela pode ser encontrada em oceanos e calotas polares... Ela pode ser encontrada em nuvens e rios... ela irá... Claude estalou os dedos debaixo do nariz do poeta.

— Obrigado, monsieur, pela aula de geografia. Mas o que nós queremos saber é se o senhor leu o poema da nossa amiga aqui.

— Ele apontou para Kitty. — Porque ela nos disse que o senhor se ofereceu gentilmente para lhe dar uma opinião a respeito.

Joe finalmente teve que olhar para Kitty Finch. Os olhos cinzentos dela que às vezes eram verdes pareciam brilhar com mais esplendor no seu rosto bronzeado. Ela não parecia nem um pouco embaraçada pela intervenção de Claude a seu favor. De fato, parecia estar se divertindo, parecia estar até grata. Joe achou que este era o pior dia de suas férias até então. Ele era velho demais, ocupado demais para ter que aturar uma cidade cheia de idiotas mais fascinados por ele do que vice-versa.

— Esta é uma conversa particular entre dois escritores — ele disse calmamente para ninguém em especial.

Kitty enrubesceu e olhou para os próprios pés.

— Você acha que eu sou uma escritora?

Joe franziu a testa.

— Sim, acho que você provavelmente é.

Ele olhou nervosamente para Jurgen, que parecia estar mergulhado no enigma do barbante. Os cachorros agora estavam bebendo a cara água mineral em suas tigelas. Claude entrou gingando no café, onde tinha prendido um pôster de Charlie Chaplin com o rosto pintado de branco, em pé num círculo de luz, sua bengala entre as pernas. Embaixo dele estava escrito *Les Temps modernes*. Ao lado do pôster estava o novo modelo de borracha do ET, com um colar de hera de plástico em volta do seu pescoço de bebê alienígena. Ele começou a fritar batatas em gordura de pato, espiando pela janela para ver o que o poeta e Kitty Ket estavam fazendo.

Kitty inclinou-se para a frente e tocou o ombro de Joe com a mão. Foi um gesto estranho. Como se ela estivesse vendo se ele estava mesmo ali.

— Eu tenho todos os seus livros no meu quarto.

Ela soou vagamente ameaçadora. Como se pelo fato de possuir os livros dele, ele lhe devesse algo. Os cachos cor de cobre do seu cabelo longo e despenteado caindo sobre os ombros pareciam um sonho maravilhoso que ele poderia ter inventado para se alegrar. Como ela podia ser tão bonita? Ela cheirava a rosas. Ela era macia e esbelta e flexível. Ela era interessante e adorável. Ela amava plantas. Tinha dedos verdes. E, mais literalmente, unhas verdes. Ela o admirava, queria a atenção dele e o intrigava, mas ele não precisava ter tido o trabalho de ler o poema dela porque já o entendia.

Claude, com sua nova humildade e imparcialidade, colocou uma travessa de salada verde e batatas fritas na mesa deles. Joe pegou uma batata e mergulhou na mostarda.

— Tenho pensado no seu título, "Nadando de volta para casa".

Ele falou num tom desinteressado, mais indiferente do que se sentia. Ele não disse de que modo vinha pensando no título. A piscina retangular que havia sido feita na pedra no terreno da casa parecia um caixão. Um caixão aberto iluminado com luzes subaquáticas que Jurgen xingou nas duas vezes que teve que trocar as lâmpadas desde que eles chegaram. Uma piscina era apenas um buraco no chão. Um túmulo cheio de água.

Dois parapentes de seda amarela flutuaram no meio das montanhas. As estreitas ruas pavimentadas de pedra da cidade estavam desertas. Os parapentes estavam pousando perto do rio em vez de pousarem na base habitual a cinco quilômetros de distância.

Kitty encheu a boca de folhas de alface. Um gato magro ronronou contra seus tornozelos enquanto ela jogava batatas fritas debaixo da mesa. Ela se inclinou para a frente.

— Aconteceu uma coisa comigo este ano. Eu esqueci coisas.

— Ela franziu a testa e ele viu que a queimadura em sua testa começava a dar bolhas.

— Que tipo de coisas?

— Eu não consigo lem lem lem lem.

Ela não era um poeta. Ela era um poema. Ela estava prestes a se dividir ao meio. Ele pensou que sua poesia a tinha feito a a a amá-lo. Isto era intolerável. Ele não podia suportar. Ela ainda estava tentando lembrar como dizer lembrar.

Se ele não podia falar sobre o poema dela, de que valia ele? Era melhor que se mudasse para o campo e cuidasse da tômbola da igreja. Era melhor que passasse a escrever histórias que tivessem como cenário os anos de declínio do império com um Humber V8 Sniper preto e empoeirado com um motorista idoso e leal.

Ela era uma leitora astuta e era perturbada e tinha pensamentos suicidas, mas também como ele queria que fossem seus leitores? Eles eram obrigados a comer legumes, a ter um salário mensal e um fundo de pensão com direito a frequentar uma academia de ginástica e a ter um cartão de fidelidade do seu supermercado favorito?

O olhar dela, a adrenalina que havia nele era como uma mancha, os etc. do seu poema uma luz brilhante, um barulho alto. E se tudo isso já não fosse suficientemente apavorante, a atenção dela a detalhes do dia a dia era mais apavorante ainda, a pólen e árvores que lutavam para sobreviver e aos instintos dos animais, às dificuldades de fingir ser implacavelmente lúcida, ao modo como ele andava (ele escondera da família o reumatismo que o envelhecia), às nuances de humor e sentimentos de todos eles. Ontem ele a vira soltar algumas abelhas que tinham ficado presas no vidro de um lampião como se ela é que estivesse presa ali. Ela era o mais receptiva possível, uma exploradora, uma aventureira, um pesadelo. Cada momento com ela era uma espécie de emergência, suas palavras sempre diretas demais, cruas demais, verdadeiras demais.

Não havia nada a fazer quanto a isso exceto morrer.

— Desculpe, Kitty, mas eu ainda não li o seu poema. E tenho um prazo a cumprir com o meu editor. E tenho que fazer uma leitura de poemas em Cracóvia daqui a três semanas. E prometi levar Nina para pescar hoje à tarde.

— Certo. — Ela mordeu o lábio e desviou os olhos. — Certo — ela tornou a dizer, mas sua voz estava ficando embargada. Jurgen parecia ter desaparecido e Kitty estava mordendo os dedos.

— Por que você não dá para Jurgen ler? — Assim que disse isso, ele desejou não ter dito. Ela estava literalmente mudando de cor diante dele. Não era tanto um rubor, mas um fusível. Um fio elétrico estava começando a derreter. Ela o olhou com uma hostilidade tão intensa que ele ficou imaginando o que tinha feito de tão ruim.

— Meu poema é uma conversa com você e com ninguém mais.

Isso não devia estar acontecendo, esta sua busca de amor nela, mas estava. Ele iria aos confins da terra para encontrar amor. Ele estava tentando não procurar, mas quanto mais tentava, mais havia amor para achar. Podia vê-la numa praia britânica com uma garrafa térmica de chá na bolsa, esquivando-se das ondas frias, escrevendo seu nome na areia, contemplando as usinas nucleares construídas ao longe. Isto era mais do que uma paisagem, era um poema catastrófico em si mesmo. Ele a tinha tocado com suas palavras, mas sabia que não devia tocá-la de nenhuma outra maneira, de uma forma mais literal, com os lábios, por exemplo. Isso seria se aproveitar dela. Ele tinha que lutar contra isso de todas as maneiras. Que maneiras eram essas? Ele não sabia, mas lutaria até o fim. Se fosse religioso, cairia de joelhos e rezaria. Pai, leve tudo isso embora. Embora. Permita que tudo isso desapareça. Ele sabia que isto era também um pedido, um desejo ou um cântico dirigido ao seu próprio pai, o patriarca severo e barbudo, a sombra que ele tinha perseguido a vida toda etc. Seu pai disse adeus etc. Sua mãe disse adeus etc. Ele se escondeu numa floresta escura no oeste da Polônia etc.

Kitty se levantou e mexeu na bolsa. Ele lhe disse que não se preocupasse. Por favor. Ele queria pagar o almoço dela. Ela insistiu em pagar sua parte. Ele viu que a bolsa estava achatada, vazia, que não havia nada lá dentro, mas ela procurava moedas assim mesmo. Ele insistiu. Aquilo não significava nada para ele. Por favor, ela podia deixar a conta para ele acertar? Ela também estava gritando enquanto seus dedos procuravam freneticamente dentro da bolsa, gritando com ele para calar a boca calar a boca calar a boca, quem ele pensava que era, o que estava pensando que ela era? Vermelha e furiosa, ela finalmente encontrou o que estava procurando, uma nota engordurada de vinte francos dobrada ao meio como se tivesse sido guardada para alguma coisa. Ela a desdobrou com cuidado, as mãos tremendo quando a enfiou debaixo de um pires e depois saiu correndo por uma das ruas de pedra. Ele podia ouvi-la tossindo. E então ele ouviu a voz de Jurgen falando com ela e compreendeu que o caseiro devia estar esperando por ela. Ela lhe perguntava em francês por que a piscina estava tão turva, e ele perguntava por que ela estava chorando. Ele ouviu Jurgen dizer esqueça, esqueça, o sol está brilhando, Kitty Ket. Era uma espécie de música: esqueça esqueça Kitty Ket esqueça esqueça Kitty Ket.

Joe pegou seu lenço de seda e enterrou o rosto nele. A seda foi usada para fazer os primeiros coletes à prova de balas. Era uma segunda pele e ele precisava dela. O que ele podia fazer? O que podia fazer com o poema dela? Ele não era seu médico. Ela não queria que ele acendesse uma luz nos olhos dela. Ele devia dizer a Isabel que a moça que ela havia convidado para ficar ameaçara fazer alguma coisa?

Em breve, ele estaria na Polônia. Apresentando-se num velho palácio em Cracóvia. Sua tradutora e guia iria explicar para ele os itinerários de bonde e os cardápios. Ela o levaria para descansar nas Montanhas Tatra e lhe mostraria as dachas de madeira construídas na floresta. Mulheres com lenços na cabeça cuidariam de seus gansos e o convidariam para provar seus presuntos e queijos. Quando ele finalmente partisse do aeroporto de Varsóvia e a alfândega perguntasse se ele estava levando caviar do país, ele diria:

— Não estou levando caviar. Estou tirando do país o meu passado negro e engordurado, e ele pertence a nós dois. A história é a seguinte. Meu pai disse adeus etc. Minha mãe disse adeus etc. Eles me esconderam numa floresta escura no oeste da Polônia etc.

Alguém estava batendo no ombro dele. Para sua surpresa, Claude havia posto um copo de cerveja gelada na mesa dele. O que havia provocado este gesto fraternal do Mick Jagger de Wurzelshire? Joe tomou a cerveja num longo e sedento gole. Ele pegou a nota que Kitty havia deixado debaixo do pires e a enfiou no bolso da camisa antes que Claude a pegasse para pagar o seu cabeleireiro. Ele ia achar um jeito de devolvê-la para ela. Ela ia partir dali a dois dias, graças a Deus. Ia estar terminado. Para sua tristeza, quando ele estava começando a se sentir feliz por estar sozinho, viu a filha descendo a ladeira na direção do café.

Nina carregava uma rede de pesca e um balde. Não. Que droga. Ele começou a gemer baixinho. Ali está ela. Minha filha está usando rímel para ir pescar. E brincos. Grandes argolas douradas que vão ficar presas nos galhos das árvores. Agora ele ia ter que pegar carona com ela até o rio no calor da tarde, como lhe havia prometido. Dois quilômetros.

Ninguém parecia entender que ele tinha cinquenta e sete anos de idade. Ele teria que descer o barranco até a beira do rio e tentar não escorregar nas pedras. Acenou sem entusiasmo e a filha sacudiu a rede de pesca na direção dele. Quando ela finalmente se sentou na cadeira em frente, ele segurou a mão dela e a apertou.

— Parabéns. Sua mãe me contou que você finalmente ficou menstruada.

— Cala a boca. — Nina revirou os olhos e olhou enlevada para o balde.

— OK. Vou calar. Por que não cancelamos a pescaria e ficamos aqui sentados tomando uma cerveja?
— De jeito nenhum.
Joe pigarreou.
— Um... você trouxe tudo o que precisa... você sabe, para uma menina que acabou de...?
— Cala a boca.
— OK. Vou calar.
— Onde está Kitty?
— Ela... um... eu não sei para onde ela foi.
Nina olhou para o cabelo do pai. Ele o tinha penteado, para variar. Ela tinha que admitir que ele era bem bonito, embora fosse repulsivo. Ele tinha feito um esforço para se apresentar bem para Kitty, não importa o que dissesse.
— Você gostou do poema dela?
O que ele podia dizer? Mais uma vez, ele fez o que fazia melhor, que era mentir.
— Eu ainda não li.
Nina deu um soco no braço dele com toda a força.
— Ela estava tão nervosa porque você ia ler o poema dela que quase bateu com o carro. COMIGO dentro. Praticamente nos atirou no precipício. Teve que tomar coragem para se encontrar com você. Ela estava TREMENDO.
— Ó Deus — Joe fez uma careta.
— Por que "Ó DEUS?" Eu achei que você não acreditasse em Deus — a filha disse com deboche e virou de costas para ele.
Ele deu um soco na mesa com tanta força que ela pulou.
— NUNCA mais entre num carro com Kitty Finch, entendeu?
Nina achou que meio que entendia, mas não sabia realmente o que havia concordado em entender. Kitty era uma motorista ruim ou o quê? Seu pai parecia furioso.

— Eu não suporto OS DEPRIMIDOS. Parece um emprego, é a única coisa que merece algum esforço da parte deles. Olá, minha depressão vai muito bem hoje. Olá, hoje eu estou com outro sintoma misterioso e vou estar com um diferente amanhã. Os DEPRIMIDOS são cheios de ódio e bile, e quando não estão tendo ataques de pânico estão escrevendo poemas. O que eles querem que seus poemas FAÇAM? A depressão é o que há de mais VITAL neles. Seus poemas são ameaças. SEMPRE ameaças. Não existe sensação mais aguda ou mais ativa do que o sofrimento deles. Eles não têm nada a dar exceto sua depressão. É só mais um serviço de utilidade pública. Como eletricidade e água e gás e democracia. Eles não poderiam sobreviver sem isso. MEU DEUS, EU ESTOU MORTO DE SEDE. ONDE ESTÁ CLAUDE?

Claude enfiou a cabeça pela porta. Ele estava tentando não rir, mas olhou para Joe com um pouco mais de respeito do que normalmente. De fato, ele estava pensando em lhe perguntar discretamente se ele poderia pagar a conta que Mitchell tinha feito no café.

— Por favor, Claude, traga-me água. Qualquer água. Pode ser uma garrafa de água mineral. Não, eu quero outra cerveja. Uma grande. Vocês não têm cervejas grandes neste país?

Claude sinalizou que sim e entrou no café, onde tinha ligado a televisão para assistir ao futebol. Nina pegou a rede de pesca e a sacudiu na cara do pai.

— A combinação dessa tarde é que nós vamos pescar, então fique em pé e comece a andar, porque você está enchendo o meu saco.

Saco era a sua palavra mais nova, e ela a disse com gosto.

— Eu sei que não encho o seu "saco" — resmungou o pai pateticamente, com a voz rouca.

Nina não ousou repetir o que havia dito porque toda vez que ele a levava para sair com a rede e o balde ela sempre ficava excitada com os horrores que ele conseguia desencavar.

Claude trouxe a cerveja, "uma grande", num copo alto e explicou para Nina que ele não ia mais aceitar nenhum pedido do pai dela porque estava assistindo à partida entre Brasil e Suécia.

— Tudo bem. — Joe jogou um dinheiro na mesa e quando Claude murmurou algo em seu ouvido, ele enfiou um rolo de notas na mão dele e disse que pagaria por qualquer coisa que Mitchell comprasse no café, mas que ele não poderia saber, o homem gordo não deveria ser informado de que seus doces seriam pagos com os royalties do poeta rico e babaca.

Claude fez um gesto demonstrando que o plano estava seguro com ele. Ele olhou para Nina e então partiu um galho da buganvília que subia pela parede. Fez um bracelete com as flores e o ofereceu a ela com uma pequena reverência.

— Para a bela filha do poeta.

Nina estendeu o braço, rubra de vergonha, para ele enrolar as flores cor de violeta em seu pulso como se fossem uma algema. Seu coração bateu descontroladamente quando os dedos dele lhe tocaram o pulso.

— Me dá a rede, Nina. — O pai estendeu o braço. — Posso usá-la para arrancar meus olhos. Na verdade, eu gostaria de assistir à Copa do Mundo com Claude. Você precisa aprender a ser um pouco mais gentil com seu pai.

Ela mordeu o lábio de um jeito que pretendeu que fosse atraente e ousou olhar para Claude, que sacudiu os ombros. Ambos sabiam que ele preferiria apenas olhar para ela.

Quando eles passaram pela igreja para alcançar a rua que Joe sabia que ia dar no portão que levava ao pasto de touros bravos que levava ao caminho que levava à ponte que levava ao rio, ele sentiu a mão da filha entrando no bolso da sua calça.

— Estamos quase lá — disse ela para animá-lo.

— Cala a boca — retrucou o pai.

— Eu acho que você fica deprimido. Não fica, papai?

Joe tropeçou numa pedra.

— Como você disse, "Estamos quase lá".

A FOTOGRAFIA

O grupo de turistas japoneses estava feliz. Eles ficaram sorrindo por um tempão. Isabel, sentada à sombra de uma oliveira prateada esperando por Laura, imaginou que eles tivessem ficado uns vinte minutos sorrindo. Eles estavam tirando retratos uns dos outros do lado de fora do château cor-de-rosa do Museu Matisse, e seus sorrisos começavam a parecer aflitos e atormentados.

O parque estava cheio de famílias fazendo piquenique debaixo das oliveiras. Quatro velhos jogando *boules* na sombra pararam o jogo para conversar sobre a onda de calor que estava arruinando os vinhedos na França. Laura acenava para ela e não percebeu que havia entrado direto numa fotografia. Os sete turistas japoneses parados com os braços passados ao redor uns dos outros ainda estavam sorrindo, com Laura na frente deles, o braço erguido no ar quando a câmera disparou.

Isabel sempre fora a primeira a levantar a mão durante a aula na escola primária em Cardiff. Ela sabia as respostas muito antes das outras meninas, meninas que, como ela, usavam blazers verdes com o lema do colégio, Conhecimento a Serviço do Mundo. Agora ela achava que mudaria o lema do colégio para algo que alertasse as meninas de que o conhecimento não iria necessariamente servir a elas, nem iria torná-las felizes. Havia uma chance de que, ao contrário, ele lançaria luz sobre coisas que elas não queriam ver. O novo lema teria que levar em conta a ideia de que era difícil conviver com o conhecimento, e depois que as meninas inteligentes de Cardiff tomassem gosto por ele, jamais seriam capazes de colocar o gênio de volta na garrafa.

Os homens haviam retomado seu jogo de *boules*. Vozes de um rádio em algum lugar ali perto discutiam a greve dos controladores de voo. Garrafas térmicas de café eram abertas sob as árvores. Crianças caíam de suas bicicletas. Famílias desembrulhavam sanduíches e frutas. Isabel avistava a leva de hotéis belle époque azuis e brancos construídos na colina e sabia que ali perto ficava o cemitério onde Matisse estava enterrado. Laura segurava uma garrafa de vinho tinto na mão esquerda. Isabel chamou por ela, mas Laura já a tinha visto. Ela andava depressa, de um jeito eficiente e objetivo. Laura teria coisas a dizer sobre o fato de ela ter convidado Kitty Finch para ficar, mas Isabel insistiria em pagar todo o aluguel da casa de veraneio. Laura e Mitchell deviam se hospedar num hotel campestre perto de Cannes que ela vira num guia turístico. Um solar amarelo ocre estilo provençal que servia vinhos finos e robalo numa crosta de sal grosso. Este seria o lugar certo para Mitchell, que esperava por um verão gastronômico e em vez disso acabara dividindo suas férias com uma desconhecida que parecia estar jejuando. Laura e Mitchell adoravam ordem e planejamento. Mitchell fazia planos de cinco anos para o negócio deles em Euston, planilhas descrevendo tarefas a serem realizadas, a lógica das decisões, os resultados esperados. Ela admirava a fé que eles tinham no futuro: a crença de que ele trazia resultados que podiam ser organizados para ocorrer da forma correta.

Laura estava sorrindo, mas não parecia feliz. Sentou-se ao lado de Isabel e tirou as sandálias. Depois, arrancou tufos de grama queimada com os dedos e disse à amiga que a loja em Euston estava fechando. Ela e Mitchell não conseguiam mais mantê-la. Eles mal conseguiam pagar a hipoteca. Tinham ido para a França com cinco cartões de crédito e pouco dinheiro. Eles não tinham dinheiro nem para pôr gasolina na Mercedes que Mitchell fizera a tolice de alugar no aeroporto. De fato, Mitchell fizera dívidas que ela só estava começando a descobrir. Ele devia grandes somas de dinheiro por toda parte. Durante meses, dissera que ia aparecer alguma coisa, mas nada apareceu. A loja ia entrar em liquidação. Quando voltassem para Londres, eles iam ter que vender a casa deles.

Isabel chegou mais perto de Laura e a abraçou. Laura era tão alta que às vezes era difícil acreditar que não estava literalmente acima das coisas que afetavam as outras pessoas. Sentia-se obviamente deprimida, porque seus ombros estavam curvados. Sua amiga nunca adotara a postura curvada que as pessoas altas às vezes adotavam para se colocar numa escala mais humana, mas agora ela parecia arrasada.

— Vamos abrir o vinho. — Laura havia esquecido de levar um saca-rolha, então elas usaram a ponta do pente de Isabel, enfiando o longo espeto de plástico na rolha, e beberam na garrafa, passando-a uma para a outra como adolescentes nas primeiras férias longe da família. Isabel contou a Laura que havia passado a manhã procurando absorventes higiênicos para Nina, mas não sabia como dizer isso em francês. Finalmente, o homem da farmácia disse a ela que as palavras eram *"serviettes hygiéniques"*. Ele havia embrulhado os absorventes num saco de papel pardo e depois num saco plástico e depois num outro saco plástico, como se achasse que já estavam empapados de sangue. E então ela mudou de assunto. Queria saber se Laura tinha uma conta bancária só dela. Laura sacudiu a cabeça. Ela e Mitchell tinham uma conta conjunta desde que iniciaram o negócio juntos. E então Laura mudou de assunto e perguntou a Isabel se ela achava que Kitty Finch poderia ser um pouco... ela buscou a palavra... "tantã". A palavra empacou em sua boca e ela desejou ter outra forma de traduzir o que queria dizer, porque as únicas outras palavras armazenadas dentro dela eram do pátio escolar da geração dela, um vocabulário que, numa ordem totalmente aleatória, começava com excêntrico, biruta, alucinado e ia para maluco, doido, passando pelas bichas e depois percorrendo de novo o alfabeto até terminar com lelé da cuca. Laura começou a dizer a ela o quanto a chegada de Kitty a alarmara. Quando ela estava saindo da casa para ir ao Museu Matisse, viu Kitty arrumar os rabos dos três coelhos, que Mitchell havia matado no pomar, dentro de um vaso – como se fossem flores. A questão era que ela mesma devia ter cortado fora os rabos dos coelhos. Com uma faca. Isabel não respondeu porque estava preenchendo um cheque para Laura. Espiando por cima do ombro, Laura viu que era uma soma considerável e que o cheque estava assinado com o nome de solteira de Isabel.

Isabel Rhys Jones. Quando elas eram estudantes apresentando-se uma à outra no bar, Isabel sempre pronunciava o nome da sua cidade natal em galês: Caerdydd. Ela tinha um sotaque galês, que mais ou menos desapareceu com o tempo. No segundo ano de escola, Isabel falava com um sotaque inglês que não era exatamente inglês, mas que se tornaria inglês quando ela apareceu na televisão fazendo reportagens da África. Laura, que havia estudado línguas africanas, tentava não soar inglesa quando do falava swahili. Esse era um assunto complicado e ela teria gostado de refletir mais a respeito, mas Isabel pusera a tampa na caneta e estava pigarreando. Ela dizia alguma coisa e soava muito galesa. Laura perdeu o início do que a amiga estava dizendo, mas se ligou a tempo de ouvir que a faxineira do norte da África que limpava os chãos por uma ninharia na casa estava aparentemente de greve. A mulher usava um lenço amarrado na cabeça e consertava as tomadas europeias para Jurgen, que havia descoberto satisfeito que ela entendia mais de eletricidade do que ele. Laura a vira olhando para os fios e depois pela janela, para a luz prateada que aparentemente curou a tuberculose de Matisse. Esta mulher estava na cabeça dela por algum motivo e quando ela se perguntava por que estava tão preocupada com ela, lembrou-se do que Isabel havia dito enquanto preenchia o cheque. Era algo a ver com Laura abrir uma conta separada da que tinha junto com Mitchell. Ela começou a rir e lembrou a Isabel que seu nome de solteira era Laura Cable.

A COISA

— Você não devia usar tanto protetor solar, Mitchell.

Kitty Finch estava obviamente aborrecida com alguma coisa. Havia tirado a roupa e estava parada, nua, na beira da piscina, como se não houvesse mais ninguém lá.

— Ele perturba o equilíbrio químico da água.

Mitchell pôs a mão protetoramente sobre a barriga e gemeu.

— A água está TURVA. — Kitty parecia furiosa. Ela correu em volta da piscina olhando para dentro dela de todos os ângulos.

— Jurgen errou nos produtos químicos. — Ela bateu com os pés descalços nas pedras quentes do chão. — É a química que faz a diferença. Ele pôs tabletes de cloro no sistema de filtragem e agora o cloro ficou concentrado demais no fundo.

Mais uma vez, Mitchell se encarregou de dizer a ela para dar o fora. Por que ela não preparava um sanduíche de queijo e se mandava para a floresta? De fato, ele mesmo a levaria lá se ela desse um jeito de conseguir gasolina para a Mercedes dele.

— Você se assusta com tanta facilidade, Mitchell.

Ela saltou na direção dele. Dois saltos longos como se estivesse fingindo ser uma gazela ou uma corça e o estivesse provocando para ele abatê-la. Os ossos dos seus quadris saltavam da pele como os arames da armadilha que Mitchell havia comprado para o rato.

— É uma boa coisa que Laura seja tão alta, não é? Ela pode olhar por cima da sua cabeça quando você mata animais e nunca precisa olhar para o chão onde eles caem mortos.

Kitty pulou na água turva apertando o nariz. Mitchell sentou e ficou imediatamente tonto. O sol sempre o deixava doente.

No próximo ano, ele ia sugerir que eles alugassem um chalé na beira de um fiorde gelado na Noruega, o mais longe possível da família Jacobs. Ele iria caçar focas e dar surras em si mesmo com galhos de bétula em saunas e depois correr na neve e gritar enquanto Laura treinava falar ioruba e sentia saudades da África.

— A ÁGUA ESTÁ FODIDA.

O que tinha dado nela? Ajeitando a barraca sobre sua careca cor-de-rosa, ele viu Joe mancando na direção do pequeno portão que dava para o fundo do jardim. Nina vinha atrás dele por entre os ciprestes, carregando um balde vermelho e uma rede.

— Oi, Joe.

Kitty saiu da piscina e começou a sacudir os cachos cor de cobre do cabelo para tirar a água. Ele a cumprimentou, aliviado com o fato de que, apesar do encontro desagradável que tinham tido mais cedo, ela parecesse genuinamente satisfeita em vê-lo. Ele apontou para o balde que Nina estava carregando com alguma dificuldade até a beira da piscina.

— Venham ver o que nós achamos no rio.

Eles se juntaram em volta do balde, cheio até a metade de água barrenta. Uma criatura cinzenta e escorregadia com uma listra vermelha nas costas estava agarrada a um tufo de algas. Era da grossura do polegar de Mitchell e parecia pulsar porque a água acima dela tremia. De vez em quando ela formava uma bola e depois tornava a se esticar.

— O que é isso? — Mitchell não podia acreditar que eles tinham se dado ao trabalho de carregar aquela criatura horrível pelos campos até a casa.

— É uma coisa. — Joe sorriu afetadamente.

Mitchell gemeu e se afastou. — Nojenta.

— Papai sempre acha coisas nojentas.

Nina olhou por cima do ombro de Kitty, tomando cuidado para não olhar para os seios dela, agora pendurados sobre o balde enquanto ela espiava para dentro. Ela não queria olhar para Kitty Finch nua, com o pai parado tão perto dela. Nina podia contar os ossos que pareciam um colar de contas ao longo de sua espinha. Kitty não comia. O quarto dela estava cheio de comida estragada que ela havia escondido debaixo das almofadas. No que se referia a Nina, ela preferia olhar para os chicletes grudados nas calçadas de Londres a ter de olhar para o pai e Kitty Finch.

Kitty pegou uma toalha. Ela era tão desajeitada que a deixou cair algumas vezes, até que Joe finalmente pegou a toalha e a ajudou a amarrá-la na cintura.

— O que você acha que é isso? — Kitty olhou para dentro do balde.

— É um rastejador-nojento — anunciou Joe. — Minha melhor descoberta até agora.

Nina achava que podia ser uma centopeia. Ele tinha centenas de perninhas que se moviam freneticamente debaixo d'água, tentando achar alguma coisa a que se agarrar.

— O que exatamente você procura quando vai pescar? — Kitty baixou a voz, como se a criatura pudesse ouvi-la. — Você acha as coisas que quer achar?

— Do que é que você está falando? — Mitchell falou como um professor irritado dirigindo-se a uma criança.

— Não fale assim com ela. — Os braços de Joe estavam agora em volta da cintura de Kitty, segurando a toalha como se sua vida dependesse disso.

— Ela está perguntando por que eu não acho peixes prateados e belas conchas? A resposta é que eles estão sempre lá.

Enquanto falava, ele enfiava os dedos nos cachos molhados do cabelo de Kitty. Nina viu a mãe e Laura entrando pelo portão branco. Seu pai largou a toalha e Kitty enrubesceu. Nina fitou os ciprestes com um ar infeliz, fingindo procurar o ouriço que ela sabia que se abrigava no jardim. Joe foi até a espreguiçadeira de plástico e se deitou. Ele olhou para a esposa, que tinha ido até onde estava o balde. Havia folhas em seu cabelo e manchas de grama em suas canelas. Ela não só tinha se distanciado dele como se transferido para outro lugar. Havia um novo vigor no modo com que ficou parada ao lado do balde. Sua determinação em não amá-lo parecia ter renovado suas energias.

Mitchell ainda estava espiando a criatura rastejando pelos lados do balde vermelho de plástico. Ele estava perfeitamente camuflado pelas manchas vermelhas em sua espinha.

— O que você vai fazer com sua lesma?

Todo mundo olhou para Joe.

— Sim — disse ele. — Minha "coisa" está incomodando a todos vocês. Vamos colocá-la numa folha no jardim.

— Não. — Laura se encolheu de nojo. — Ela vai acabar voltando para cá.

— Ou entrando pelo ralo e aparecendo na água. — Mitchell pareceu realmente alarmado.

Laura estremeceu e então gritou:

— Ela está saindo do balde. Está quase do lado de fora. — Ela correu até o balde e jogou uma toalha por cima dele.

— Faça alguma coisa para impedir, Joe.

Joe foi mancando até o balde, tirou a toalha e empurrou a criatura de volta para o fundo da água com o polegar.

— Ela é bem pequena, na verdade. — Ele bocejou. — É só uma coisinha estranha e pegajosa.

Um pouco de alga do rio escorreu pela sua sobrancelha. Todo mundo tinha ficado muito quieto. Até o barulho das cigarras parecia ter cessado. Quando Joe abriu os olhos, todo mundo menos Laura havia entrado na casa. Laura estava tremendo, mas sua voz estava normal.

— Olha, eu sei que Isabel convidou Kitty para ficar. — Ela parou e começou de novo. — Mas você não precisa. Quer dizer, precisa? Você precisa? Precisa? Você precisa ficar fazendo isso?

Joe cerrou os punhos dentro dos bolsos.

— Fazendo o quê?

QUARTA-FEIRA

CORPO ELÉTRICO

Jurgen e Claude estavam fumando o haxixe que Jurgen havia comprado do acordeonista na praia em Nice. Ele geralmente comprava do motorista que deixava as faxineiras imigrantes nas casas de veraneio, mas elas estavam organizando uma greve. Além do mais, o noticiário da noite anterior previa uma tempestade e a cidade inteira havia passado a noite se preparando para ela. O chalé de Jurgen pertencia a Rita Dwighter, mas ainda não havia sido "restaurado", e ele queria mantê-lo assim. Às vezes ele atirava objetos pesados nas paredes, na esperança de que ele se tornasse irrestaurável e mantivesse seu status de filho feio e deficiente na família de propriedades de Rita Dwighter.

Agora ele estava curvado sobre o telefone celular de Claude. Claude gravara uma vaca mugindo. Ele não sabia por que, mas tinha feito isso. Ele havia entrado num campo e segurado o telefone o mais perto possível da boca da vaca. Se Jurgen apertasse o botão do play, a vaca mugia. A tecnologia havia feito a vaca soar familiar, mas desconfortavelmente estranha também. Toda vez que a vaca mugia, eles riam histericamente, porque a vaca havia pisado no dedão do pé de Claude e agora a unha dele estava deformada.

Madame Dwighter havia dito a Jurgen que esperasse em casa pelo telefonema dela. Jurgen não se importou. Esperar em casa era uma novidade para quem sempre era chamado para trocar lâmpadas nas casas "estilo provençal" que ele jamais teria dinheiro para comprar. Uma pilha de gravuras de Picasso que ele havia comprado no brechó estava encostada na parede. Ele preferia o boneco de borracha do ET que achara para Claude. Rita Dwighter o instruíra a emoldurar e pendurar "os Picassos" em todos os espaços disponíveis nas três casas que possuía, mas ele não se deu ao trabalho de fazer isso. Era mais interessante ouvir a vaca mugindo no celular de Claude.

Quando Jurgen começou a enrolar outro cigarro de maconha, ele ouviu um telefone tocar. Claude apontou para o telefone que estava no chão. Jurgen entortou o nariz com o polegar e o indicador e acabou atendendo.

Claude teve que tapar a boca com a mão para não rir alto. Jurgen não queria ser caseiro. Madame Dwighter vivia pedindo a ele que lhe dissesse o que estava pensando, mas ele só contava para Claude o que pensava. Jurgen só pensava numa coisa.

Em Kitty Finch. Se pressionado, ele incluiria: sexo, drogas, budismo como uma forma de conseguir coerência na vida, nada de carne, nada de vivissecção, Kitty Finch, nada de vacinação, nada de álcool, Kitty Finch, pureza de corpo e alma, ervas medicinais, tocar *slide guitar*, Kitty Finch, tornar-se o que Jack Kerouac descreveu como um *Nature Boy Saint*. Ele ouviu o amigo dizer a Madame Dwighter que sim, que tudo estava muito sereno na casa este ano. Sim, o famoso poeta inglês e a família dele estavam apreciando suas férias. De fato, eles tiveram uma visita surpresa. Mademoiselle Finch estava hospedada no quarto extra e estava encantando a todos. Sim, ela estava muito equilibrada este ano e havia escrito algo para mostrar ao poeta.

Claude desabotoou o jeans e o deixou cair até o joelho. Jurgen teve que segurar o telefone longe do ouvido enquanto se dobrava em dois, fazendo gestos obscenos para Claude, que agora estava fazendo flexões, com suas cuecas boxer Calvin Klein no chão. Jurgen bateu o cigarro de haxixe contra o joelho e continuou falando com Rita Dwighter, que estava telefonando do seu exílio de impostos na Espanha. Em breve ele teria que a chamar de *Señora*. Sim, a planilha estava atualizada. Sim, a água da piscina estava perfeita. Sim, as faxineiras estavam fazendo um bom trabalho. Sim, ele havia substituído a janela quebrada. Sim, ele estava muito bem. Sim, a onda de calor estava chegando ao fim. Sim, ia haver trovoadas. Sim, todo mundo estava a par da previsão do tempo. Sim, ele ia prender as venezianas.

Claude podia ouvir a voz de Rita Dwighter sair do telefone e desaparecer nas nuvens de fumaça de haxixe. Todo mundo na cidade ria quando ouvia falar na rica psicanalista e proprietária que pagava tão bem a Jurgen por sua incompetência. Eles gostavam de dizer que ela havia construído um heliporto para empresários estacionarem do lado de fora do seu consultório no oeste de Londres. Eles se sentavam em cadeiras de design enquanto seus pilotos, geralmente ex-alcoólatras demitidos de companhias comerciais, fumavam cigarros isentos de taxas de importação na chuva. Claude pensara em espalhar um boato de que um dos seus clientes mais ricos tinha ficado com o braço preso nas pás da hélice logo na hora em que ela havia entendido por que ele gostava de vestir uniforme nazista e chicotear prostitutas. Ele tivera que amputar o braço e parou de se tratar com ela, o que significava que ela não tinha mais dinheiro para comprar o chalé do carteiro.

Quando Madame Dwighter ia inspecionar suas propriedades, o que, para alívio de Jurgen, ela não fazia com muita frequência, sempre convidava Claude com seu ar de Mick Jagger para jantar. Da última vez que eles jantaram juntos, ela enfiou um talo de abacaxi num queijo Brie meio derretido e disse a ele para se servir.

Jurgen finalmente desligou. Ele olhou para as gravuras de Picasso como se quisesse assassiná-las. Ele disse a Claude, que agora tinha tirado a camiseta e estava deitado de bruços no chão só de cuecas, que fora instruído a pendurar *Guernica* no corredor para esconder as rachaduras na parede. Dominatrix Dwighter estava obviamente impressionada com as técnicas que o grande artista empregou para dizer algo sobre a condição humana. Claude conseguiu a muito custo se levantar e pôs para tocar um dos velhos CDs de Jurgen. O CD estava em cima de uma caixa de joias indiana etiquetada "Música de Praga. Seleção de Ket para Calma".

Alguém estava batendo na porta. Jurgen detestava visitas porque elas estavam sempre lhe pedindo que fizesse seu trabalho. Desta vez era a bonita filha de catorze anos do babaca do poeta inglês. Ela estava usando uma saia branca curta e naturalmente queria que ele fizesse alguma coisa.

— Minha mãe pediu para eu checar se você agendou o passeio a cavalo para amanhã.

Ele fez que sim com um ar sério, como se não houvesse pensado em outra coisa.

— Entre. Claude está aqui.

Quando Jurgen disse Claude está aqui, o CD pareceu dar um salto ou emperrar ou algo assim. Nina ouviu um violino tocando e, no fundo, o som de um lobo uivando e a cantora sussurrando algo que soou como tempestade de neve. Ela olhou para Claude, que estava dançando de cuecas. As costas dele eram tão lisas e morenas que ela ficou olhando para a parede.

— *Bonjour*, Nina. Os cachorros comeram meu jeans então eu agora só tenho cuecas. O CD está arranhado, mas eu gosto dele para me acalmar.

Quando ela o fitou com pena, ele se viu como uma lesma esmigalhada na sola de corda dos seus sapatos vermelhos. Jurgen estava com as mãos nos quadris ossudos, os cotovelos apontando para fora em triângulos. Ele parecia querer a opinião dela sobre seu penteado rastafári.

— Então você acha que eu devia cortar meu cabelo?
— Acho.
— Eu uso o cabelo assim para ficar diferente do meu pai.

Ele riu e Claude riu junto com ele.

tempestade de neve
se afastando
na escuridão

Jurgen estava tentando se entender com a geografia.
— A Áustria é o começo da minha infância. Depois eu acho que foi Baden-Baden. Meu pai me ensinou a serrar madeira na tradição antiga. — Ele coçou a cabeça. — Acho que austríaca. Algo antigo, de qualquer modo. Então, de que tipo de música você gosta?
— Nirvana é a minha banda favorita.
— Ah, você gosta do Kurt Cobain com seus olhos azuis, certo?

Ela disse que tinha feito um santuário para Kurt Cobain no quarto dela depois que ele se suicidara na primavera passada. No dia cinco de abril, para ser precisa, embora o corpo dele só tenha sido encontrado no dia oito de abril. Ela havia tocado o disco dele *In Utero* o dia inteiro.

Jurgen inclinou a cabeça de lado.

— Seu pai já leu o poema de Kitty Ket?
— Não. Eu mesma vou ler.
Claude fez beicinho e foi até a geladeira.
— Esse é um bom plano. Você quer uma cerveja?
Ela sacudiu os ombros. Claude estava tão ansioso por agradá-la que chegava a ser patético. Claude traduziu o muxoxo dela como sendo um entusiástico Sim.
— Eu tenho que trazer minha própria cerveja para a casa do Jurgen porque ele só bebe suco de cenoura.
Jurgen acabara de ouvir uma motocicleta estacionando em frente ao chalé. Era seu amigo Jean-Paul, que sempre pagava uma comissão a ele nos passeios a cavalo. Jean-Paul só tinha pôneis, então não ia ser exatamente um passeio a cavalo, mas os pôneis também tinham cascos e uma bela cauda. Quando ele saiu correndo pela porta para fechar o negócio, Claude pegou a camiseta e começou a vesti-la.
Nina olhou para tudo exceto para ele. E então ela se sentou de pernas cruzadas no chão, as costas apoiadas na parede, enquanto ele se aproximava com uma cerveja na mão. Ele a abriu para ela e se sentou tão perto que suas coxas quase se tocavam.
— Então, está gostando das férias?
Ela tomou um gole da cerveja amarga.
— Está OK.
— Se você for ao meu café, eu vou mostrar a você o Extraterrestre que tenho na minha cozinha.
Do que ele estava falando? Ela se viu chegando mais perto do ombro dele. E então ela virou o rosto para ele e lançou um olhar do tipo você pode me beijar me beije me beije e houve um segundo em que ela sentiu que ele não estava certo do que ela estava dizendo. Ela ainda estava com a cerveja na mão e a colocou no chão.

se afastando
na escuridão
da floresta

Os lábios dele eram mornos e estavam sobre os dela. Ela estava beijando Mick Jagger e ele a estava devorando como um lobo ou algo feroz, mas também suave e definitivamente nada calmo. Ele estava dizendo que ela era tão tão tudo. Ela chegou ainda mais perto e então ele parou de falar.

na escuridão
da floresta
onde as árvores sangram
tempestade de neve

Quando ela abriu os olhos e viu que ele estava de olhos fechados, ela tornou a fechar os dela, mas aí a porta abriu e Jurgen estava parado no meio do quarto olhando espantado para eles.

— Então está tudo certo com o passeio a cavalo.

Havia um coma de beijos na atmosfera. Tudo tinha ficado vermelho-escuro. Jurgen pôs as mãos nos quadris de modo que seus cotovelos se projetaram para fora e as vibrações puderam fluir através dos triângulos formados por seus cotovelos.

— Por favor, eu estou pedindo para você ler o poema de Ket para me ensinar o caminho para o coração dela.

QUINTA-FEIRA

O ENREDO

Nina abriu a porta do quarto dos pais e deslizou de meias pelo chão ladrilhado. Ela estava usando meias apesar do calor porque seu pé esquerdo estava inchado de uma picada de abelha. Para tomar coragem para o que ia fazer, ela levara uma hora passando a sombra azul de Kitty nas pálpebras. Quando olhou no espelho, seus olhos castanhos estavam brilhantes e decididos. Da janela ao lado da cama, ela podia ver a mãe e Laura conversando na beira da piscina. Seu pai tinha ido a Nice para ver a Catedral Ortodoxa Russa e Kitty Finch estava com Jurgen, como sempre. Eles iam catar bosta de vaca nos campos e depois espalhá-la sobre o novo terreno de Jurgen, que ela disse que tinha "assumido durante o verão". Ninguém conseguia entender por que ela não estava morando com Jurgen no chalé dele ali ao lado, mas sua mãe tinha dado a entender que Kitty talvez não estivesse "enamorada" dele como ele estava dela. Ela ouviu um barulho vindo da cozinha. Mitchell tinha enrolado um tablete de chocolate amargo num pano de prato e estava batendo com ele excitadamente. Estava quente lá fora, mas ela sentiu frio no quarto dos pais, como se ele fosse mesmo um rinque de patinação no gelo. Ela sabia como era o envelope, mas não conseguiu avistá-lo em lugar nenhum. Precisava de uma lanterna, porque não podia acender a luz para não chamar atenção. Se alguém chegasse ali, ela entraria no banheiro e se esconderia atrás da porta. Sobre a mesa do lado da sua mãe na cama, ela notou um favo de mel embrulhado numa folha de jornal. Ele fora obviamente amarrado com o barbante verde que estava ao lado. Ela andou até lá e viu que era um presente do pai dela, porque ele havia escrito com tinta preta no papel,

Para minha doçura com todo o meu amor como sempre, Jozef.

Nina franziu a testa para o mel dourado escorrendo pelos buracos. Se os pais gostassem afinal um do outro, isto arruinaria a história que ela havia inventado para si mesma. Quando pensava nos pais, o que era quase o tempo todo, estava sempre tentando encaixar as peças. Qual era o enredo? Seu pai tinha mãos muito delicadas e ontem elas estavam acariciando sua mãe. Ela os vira beijando-se no corredor como numa cena de filme, abraçados enquanto mariposas batiam nas lâmpadas sobre suas cabeças. Na opinião dela, seus pais infelizmente não toleravam um ao outro e só amavam a ela. O enredo era que a mãe abandonava a filha única para ir cuidar de órfãos na Romênia. Tragicamente (tanta tragédia), Nina havia tomado o lugar da mãe na família e se tornado a mais preciosa companhia do pai, sempre adivinhando seus humores e desejos. Mas as coisas começaram a balançar quando a mãe perguntou se ela gostaria de ir a um restaurante especial na beira do mar para tomar um sorvete com estrelinhas cintilantes. E mais, se seus pais estavam se beijando ontem (os lençóis da cama desarrumada deles pareciam um tanto frenéticos), e se eles pareciam entender um ao outro de um jeito que a deixava de fora, o enredo estava saindo dos trilhos. Foi só depois de seis minutos de busca apressada que ela encontrou o envelope com o poema de Kitty dentro. Ela havia desistido de procurar no meio das camisas e lenços de seda que o pai sempre passava a ferro com tanto cuidado e ficado de quatro para olhar debaixo da cama. Quando viu o envelope encostado nos chinelos do pai e duas baratas mortas de barriga para cima, ela se deitou no chão e pegou o envelope. Havia mais uma coisa debaixo da cama, mas ela não teve tempo de descobrir o que era. A janela que dava para a piscina era um problema. Sua mãe estava sentada nos degraus do lado raso, comendo uma maçã. Ela pôde ouvi-la perguntando a Laura por que ela estava aprendendo ioruba e Laura dizendo — Por que não? Mais de vinte milhões de pessoas falam essa língua. Ela se agachou no chão para não ser vista e tirou a fita colante do envelope. Estava vazio. Ela espiou lá dentro. Uma folha de papel havia sido dobrada até formar um quadradinho do tamanho de uma caixa de fósforo, e estava presa no fundo do envelope como um sapato velho preso na lama de um rio. Ela o tirou de lá e começou a desdobrá-lo cuidadosamente.

Nadando de volta para casa
Kitty Finch

Depois de ler o poema, Nina não se deu ao trabalho de dobrar outra vez o papel em quadrados pequenos. Ela o enfiou no envelope e o colocou de volta debaixo da cama junto com as baratas. Por que seu pai não o havia lido? Ele entenderia exatamente o que se passava na cabeça de Kitty. Ela subiu a escada até a sala e enfiou a cabeça pela porta da varanda.

A mãe tinha os pés enfiados na água morna e estava rindo. Isto surpreendeu Nina porque era um som muito raro. Ela encontrou Mitchell fritando fígado na cozinha. Ele estava usando uma de suas camisas havaianas mais espalhafatosas para cozinhar.

— Olá — disse ele. — Veio atrás de um pedaço?

Nina apoiou as costas na geladeira e cruzou os braços.

— O que você fez com seus olhos? — Mitchell fitou a sombra azul cintilante que cobria as pálpebras dela. — Alguém te deu um soco nos olhos?

Nina respirou fundo para não gritar.

— Acho que Kitty vai se afogar na nossa piscina.

— Minha nossa. — Mitchell fez uma careta. — Por que você acha isso?

— Eu apenas tenho essa impressão.

Ela não queria dizer que tinha aberto o envelope dirigido ao pai. Mitchell ligou o liquidificador e ficou vendo as castanhas e o açúcar se transformarem numa pasta e respingar nas palmeiras de sua camisa.

— Se eu atirasse você na piscina agora, você iria flutuar. Até eu com minha barrigona iria flutuar.

Ele gritava por causa do barulho do liquidificador. Nina estava esperando que o desligasse para poder falar baixinho.

— Sim. Ela está juntando pedras. Eu estava com ela na praia no dia em que ela as estava catando. — Ela explicou que Kitty lhe contou que estava estudando os ralos da piscina e dissera coisas sem nexo do tipo, "Você não vai querer que o seu cabelo fique preso no ralo".

Mitchell olhou com afeição para a menina de catorze anos. Ele percebeu que Nina tinha ciúme da atenção que o pai estava dando a Kitty e que provavelmente queria que a garota se afogasse.

— Anime-se, Nina. Coma um pouco de purê de castanhas com a colher. Eu vou misturá-lo com chocolate. — Ele lambeu os dedos. — E vou guardar um pedacinho para o rato esta noite.

Ela sabia um segredo terrível que mais ninguém sabia. E havia outros segredos também. Ontem, quando estava sentada na casa, no quarto de Kitty, ajudando-a a tirar as sementes de suas plantas, um pássaro cantava no jardim. Kitty Finch havia segurado a cabeça com as mãos e soluçado como se não houvesse amanhã.

Ela devia falar com o pai dela, mas ele estava em Nice a caminho de alguma igreja russa, embora tivesse dito a ela que se algum dia ela se sentisse tentada a acreditar em Deus, devia estar tendo um colapso nervoso. Uma outra coisa a preocupava. Era a coisa debaixo da cama, mas ela não queria pensar sobre isso porque era algo que tinha a ver com Mitchell e, de todo modo, sua mãe a estava chamando para andar a cavalo.

TERRA DE PÔNEIS

Os cavalos estavam bebendo água de um tanque na sombra. Moscas rastejavam sobre suas barrigas inchadas e suas pernas curtas e entravam nos olhos castanhos que pareciam úmidos. Enquanto Nina observava a mulher que os alugava escovar suas caudas, ela decidiu que teria que contar à mãe a respeito do poema de Kitty sobre afogamento, como ela agora o chamava. Kitty estava falando em francês com a mulher dos cavalos e não parecia alguém que estava prestes a se afogar. Ela estava usando um vestido curto azul e havia pequenas penas brancas em seu cabelo, como se o travesseiro dela tivesse rasgado durante a noite.

— Nós temos que seguir a trilha. Tem um saco plástico cor de laranja amarrado nos galhos das árvores. A mulher disse que temos que seguir o plástico cor de laranja e andar de cada lado do cavalo.

Nina, que queria ficar sozinha com a mãe, se viu obrigada a escolher um cavalo cinzento com longas orelhas sarnentas e fingir que estava tendo uma infância perfeita.

O cavalinho não estava com disposição para ser alugado por uma hora. Ele parava a cada dois minutos para comer a grama e esfregar a cabeça na casca das árvores. Nina estava impaciente. Tinha coisas importantes na cabeça, dentre elas as pedras que havia juntado na praia com Kitty, porque achava que elas estavam no poema. Tinha visto as palavras "As pedras de afogar" sublinhadas no meio da página.

Ela percebeu que a mãe de repente estava prestando atenção nas coisas. Quando Kitty apontava para árvores e diferentes tipos de grama, Isabel pedia para ela repetir os nomes. Kitty estava dizendo que certos tipos de insetos precisavam beber néctar durante a onda de calor. Isabel sabia que mel é feito apenas de cuspe e néctar? Quando as abelhas chupam o néctar, elas o misturam com sua saliva e estocam a mistura em seus sacos de mel. Depois elas vomitam seus sacos de mel e começam tudo de novo. Kitty estava falando como se elas fossem uma grande família feliz, segurando o tempo todo a corda entre o polegar e o indicador. Nina ia sentada em silêncio no cavalo, olhando pensativa para os pedaços de céu azul que conseguia avistar por entre as árvores. Se ela virasse o céu de cabeça para baixo, o cavalo ia ter que nadar pelas nuvens. O céu seria grama. Insetos correriam pelo céu. A trilha parecia ter desaparecido, porque não havia mais sacos plásticos cor de laranja amarrados nos galhos das árvores. Elas haviam saído da floresta de pinheiros numa clareira perto de um café. O café era em frente a um lago. Nina examinou as árvores procurando pedacinhos de plástico cor de laranja e soube que elas estavam perdidas, mas Kitty não ligou. Ela estava acenando para alguém, tentando chamar a atenção de uma mulher sentada sozinha no terraço do lado de fora do café.

— É a dra. Sheridan. Vamos dar um alô para ela.

Ela conduziu o cavalo para fora do que restava da trilha, subindo os três degraus rasos de concreto que levavam para junto de Madeleine Sheridan, que havia tirado os óculos e os colocara sobre a mesa de plástico branco ao lado do seu livro.

Nina ficou montada no cavalo enquanto Kitty passava com ela pela garçonete espantada que carregava uma bandeja de Orangina para uma família numa mesa próxima. A velha parecia ter ficado paralisada na cadeira no momento em que ia colocar um cubo de açúcar no café. Era como se a visão de uma moça esbelta usando um vestido curto azul, o cabelo vermelho caindo nas costas, conduzindo um cavalo cinzento pelo terraço de um café fosse algo que só pudesse ser olhado de lado. Ninguém se sentiu capaz de intervir porque não sabia direito o que estava vendo. Aquilo lembrou Nina do dia em que ela assistiu a um eclipse através de um buraco feito num papel colorido, tomando cuidado para o sol não cegá-la.

— Como vai, doutora?

Kitty puxou a corda e deu um cubo de açúcar para o cavalo. Ainda segurando a corda com uma das mãos, ela passou o braço pelos ombros da velha.

A voz de Madeleine Sheridan, quando ela finalmente falou, soou calma e autoritária. Estava usando um xale vermelho que parecia uma capa de toureiro com pompons costurados na borda.

— Siga a trilha, Kitty. Você não pode trazer cavalos aqui.

— A trilha desapareceu. Não há trilha para eu seguir. — Ela sorriu. — Eu ainda estou esperando você trazer de volta os meus sapatos, como disse que ia fazer. As enfermeiras me disseram que eu estava com os pés sujos.

Nina olhou para a mãe, agora parada do lado esquerdo do cavalo. As mãos de Kitty estavam tremendo e ela estava falando alto demais.

— Estou surpresa que você não tenha contado aos meus novos amigos o que fez comigo. — Ela se virou para Isabel e imitou um sussurro típico de filmes de terror: — A dra. Sheridan disse que eu tenho uma predisposição mórbida.

Para decepção de Nina, sua mãe riu como se Kitty lhe tivesse contado uma piada.

A garçonete trouxe um prato de salsichas com ervilhas e o jogou na frente de Madeleine Sheridan, resmungando para ela em francês para tirar o cavalo do café.

Kitty piscou o olho para Nina. Primeiro com o olho esquerdo. E depois com o olho direito.

— A garçonete não está acostumada a receber cavalos para tomar o café da manhã.

Ao ouvir isto, o cavalo começou a lamber as salsichas no prato e todas as crianças da mesa ao lado riram.

Kitty tomou um gole do café intocado da médica. Seus olhos tinham parado de piscar.

— Na realidade — os nós dos seus dedos ficaram repentinamente brancos quando ela segurou a corda que deveria manter o cavalo na trilha —, ela me internou. — Ela enxugou a boca com as costas da mão. — EU A DEIXEI ENVERGONHADA ENTÃO ELA CHAMOU UMA AMBULÂNCIA.

Kitty pegou a faca que estava no prato, uma faca afiada, e a sacudiu na direção da garganta de Madeleine Sheridan. Todas as crianças que estavam no café gritaram, inclusive Nina. Ela ouviu a velha, com a voz tensa, dizendo a sua mãe que Kitty era doente e imprevisível. Kitty estava sacudindo a cabeça e gritando com ela.

— Você disse que ia buscar minhas roupas. Eu esperei por você. Você é uma MENTIROSA. Eu achei que você era gentil, mas eles me eletrocutaram por sua causa. Eles fizeram isso TRÊS vezes. A enfermeira quis raspar um pouco do meu CABELO.

A ponta da faca balançava a poucos centímetros do colar de pérolas de Madeleine Sheridan.

— Eu quero ir embora! — Nina gritou para a mãe, tentando manter o equilíbrio no cavalo, que agora estava com as orelhas levantadas, inclinado para a frente para procurar a vasilha de cubos de açúcar.

Isabel tentou soltar os estribos para Nina descer do cavalo. A garçonete a estava ajudando com as fivelas, e Nina conseguiu passar as pernas por cima da sela, mas não teve coragem de pular porque o cavalo de repente empinou.

Alguém no café estava ligando para o administrador do parque.

— ELES QUEIMARAM MEUS PENSAMENTOS PARA OBRIGÁ-LOS A IR EMBORA.

Quando ela se aproximou mais de Madeleine Sheridan, sacudindo a faca na cara dela, duas pequenas penas brancas que estavam grudadas no cabelo dela voaram na direção de Nina, que ainda estava tentando saltar do cavalo.

— Os médicos me ESPIONAVAM por um olho mágico. Eles enfiaram CARNE pela minha garganta. Eu tentei passar creme no rosto, mas minhas mandíbulas DOÍAM dos choques. Eu prefiro MORRER a passar por isso de novo.

Nina se ouviu falando alto.

— Kitty vai se afogar.

Era como se ela fosse a única pessoa capaz de ouvir sua voz. Ela estava dizendo coisas importantes, mas aparentemente não suficientemente importantes.

— Katherine vai se afogar.

Até a seus próprios ouvidos, aquilo soou como um sussurro, mas ela achou que a médica talvez tivesse ouvido mesmo assim. Sua mão tinha conseguido tirar a faca da mão de Kitty e Nina ouviu Madeleine Sheridan dizendo:

— Eu tenho que ligar para a polícia. Vou ligar para a mãe dela. Tenho que ligar para ela imediatamente. — Ela parou porque Jurgen chegou de repente.

Era como se Kitty o tivesse feito aparecer num passe de mágica. Ele estava falando com o administrador do parque, que estava sacudindo a cabeça e parecia aturdido.

— Eu tenho testemunhas. — Os pompons da capa vermelha de Madeleine saltavam para cima e para baixo como se fossem as testemunhas às quais ela estava se referindo.

Kitty se agarrou no braço de Jurgen.

— Não deem ouvidos à dra. Sheridan. Ela tem obsessão por mim. Eu não sei por quê. Perguntem a Jurgen.

Jurgen piscou os olhos sonolentos por trás dos óculos redondos.

— Vamos, Kitty Ket. Eu vou levar você para casa. — Ele disse algo para Madeleine Sheridan em francês e depois passou o braço pela cintura de Kitty. Eles podiam ouvir a voz dele acalmando-a. — Esqueça esqueça Kitty Ket. A poluição está nos deixando doentes. Nós estamos precisando de um tratamento com ervas medicinais.

Os olhos de Madeleine Sheridan estavam brilhando como carvão em brasa. Ela queria chamar a polícia. Aquilo tinha sido um ataque contra ela. Uma agressão. Ela parecia um toureiro que tinha sido espetado pelo touro. O administrador do parque sacudia uma argola de chaves pendurada em seu cinto. As chaves eram quase tão grandes quanto ele. Ele queria saber onde a jovem morava. Qual era o endereço dela? Se Madame queria que ele chamasse a polícia, eles iam precisar desta informação. Isabel explicou que Kitty tinha chegado cinco dias antes sem ter onde ficar e que eles tinham dado um quarto para ela na casa que haviam alugado.

Ele fez uma cara feia ao ouvir esta explicação, batendo nas chaves com seu pequeno polegar.

— Mas vocês devem ter feito perguntas a ela...

Isabel acenou afirmativamente. Eles tinham feito perguntas a ela. Jozef perguntou a ela o que era uma folha. E um cotilédone.

— Acho que não precisamos incomodar a polícia. Esta é uma briga particular. Madame está abalada, mas não está ferida.

A voz dela era suave e um tanto galesa.

O administrador agora estava gesticulando.

— A moça deve ter vindo de algum lugar. — Ele fez uma pausa para acenar para dois homens usando botas enlameadas que pareciam precisar da permissão dele para serrar um tronco de árvore com uma serra circular.

— Sim — disse Madeleine Sheridan zangada —, ela veio de um hospital em Kent, na Grã-Bretanha. — Ela deu um tapinha nas pérolas penduradas ao redor do seu pescoço e se virou para Isabel Jacobs. — Eu acho que o seu marido vai levá-la para tomar um coquetel no Negresco amanhã.

SEXTA-FEIRA

A CAMINHO DE ONDE?

As pessoas paravam para olhar para ela. Para contemplar e tornar a contemplar aquela visão de uma jovem luminosa usando um vestido de seda verde que parecia estar caminhando no ar. A tira esquerda dos seus sapatos brancos de sapateado tinha se soltado, como que para ajudá-la a se erguer acima das pontas de cigarro e dos invólucros de chocolate caídos na calçada. Kitty Finch, com sua abundante cabeleira enrolada no alto da cabeça, era quase tão alta quanto Joe Jacobs. Enquanto eles passeavam pela Promenade des Anglais sob a luz prateada do final da tarde, estava nevando gaivotas em todos os telhados de Nice. Ela havia pendurado informalmente a capa curta de penas brancas nos ombros, sua fita de cetim amarrada num nó frouxo em volta do pescoço. As penas esvoaçavam ao vento que vinha do mar, o Mediterrâneo, que, Joe refletiu, era da mesma cor da sombra azul brilhante nos olhos dela.

Ao longe, eles podiam ver a cúpula cor-de-rosa do Hotel Negresco. Ele vestira respeitosamente um terno listrado e havia até aberto uma nova garrafa de perfume enviada para ele de Zurique. Seu fornecedor de perfume, o último alquimista do século vinte, insistia que as notas altas eram irrelevantes e que as notas mais profundas se apresentariam quando ele estivesse suando. Kitty deslizou seu braço nu no braço listrado dele, uma listra vermelha vertical não muito diferente da centopeia que ele apanhara no rio. Ela não contou a ele o que acontecera com Madeleine Sheridan (ela e Jurgen já haviam passado horas discutindo isso), e ele não contou a ela que havia ficado de joelhos na Catedral Ortodoxa Russa e acendido uma e depois duas velas. A tensão de esperar pelo novo encontro os tinha feito fazer coisas que eles não entendiam.

Quando eles chegaram na entrada de mármore, o porteiro de paletó vermelho e luvas brancas abriu respeitosamente a porta, que tinha NEGRESCO impresso no arco de vidro em letras douradas. Sua capa de penas voava atrás dela como as asas do cisne de onde elas foram tiradas. Ela não caminhou, mas deslizou para dentro do bar à meia-luz com suas poltronas de veludo vermelho desbotado e tapeçarias nas paredes.

— Está vendo aqueles quadros a óleo de aristocratas em seus palácios?

Ele olhou para os retratos de aristocratas pálidos e solenes posando em cadeiras cobertas de tapeçaria em geladas salas de mármore.

— Sim, bem, minha mãe limpa sua prata e lava suas cuecas.

— Ela é faxineira?

— Sim. Ela costumava limpar a casa de Rita Dwighter. Por isso é que eu fiquei lá de graça algumas vezes.

Esta confissão a fez enrubescer, mas ele tinha algo a dizer em resposta.

— Minha mãe também era faxineira. Eu costumava roubar ovos de galinha para ela e levá-los para casa nos meus bolsos.

Eles se sentaram lado a lado em duas cadeiras antigas. As penas brancas de sua capa tremeram quando ele sussurrou:

— Tem um bilhete para nós em cima da mesa. Acho que deve ser de Marie Antoinette.

Kitty estendeu a mão e pegou o cartão branco encostado num vaso de flores.

— Está dizendo que o coquetel do mês é champanhe com algo chamado Crème de Fraise des Bois.

Joe balançou a cabeça como se esta informação fosse de vital importância.

— Depois da revolução, todo mundo deve tomar o coquetel do mês. Vamos tomar um assim mesmo?

Kitty concordou com entusiasmo. O garçom já estava ao lado dele, anotando seu pedido como se fosse um grande privilégio fazer isso. Um músico entediado usando um dinner jacket branco manchado estava sentado no piano tocando "Eleanor Rigby" num canto do bar. Ela cruzou as pernas e esperou que ele falasse sobre o poema dela. Na noite anterior, ela vira algo que a assustara e queria contar a ele a respeito. O rapaz estava parado ao lado da cama dela de novo. Ele estava acenando nervosamente como se estivesse lhe pedindo que o ajudasse, e ele tinha dois ovos de galinha no bolso. Ele havia penetrado em sua mente. Ela havia começado a cobrir os espelhos caso ele tornasse a aparecer. Ela enfiou as mãos debaixo da bolsa que estava em seu colo para ele não ver que elas estavam tremendo.

— Fale-me mais da sua mãe. Ela se parece com você?

— Não, ela é obesa. Você poderia me fazer inteira de um dos braços dela.

— Você disse que ela conhece a dona da casa?

— Sim. Rita Dwighter.

— Fale mais sobre Rita Dwighter e seu portfólio de propriedades e sofrimentos.

Ela não queria falar sobre a patroa da mãe. Era como um estilhaço de metal em seu braço a indiferença dele em relação ao envelope que ela havia enfiado por baixo da porta do seu quarto. Ele estava sempre mudando de assunto. Ela respirou fundo e sentiu o aroma de cravo do perfume dele.

— Rita tem tantas propriedades que se tornou uma exilada de impostos na Espanha, mas isso significa que ela só pode passar um determinado número de dias por ano na Grã-Bretanha. Minha mãe lhe disse que ela ia ficar parecendo uma fugitiva, e Rita se ofendeu e disse que seu próprio psiquiatra havia dito que ela devia aceitar sua ganância.

Ele riu e enfiou os dedos na tigelinha de nozes sobre a mesa. Eles brindaram e tomaram seu primeiro gole do coquetel do mês.

— Qual é o seu poema favorito, Kitty?

— Você quer dizer um poema que eu tenha escrito ou de outra pessoa? — Ele já devia saber que era seu poeta favorito. Era por isso que ela estava ali. As palavras dele estavam dentro dela. Ela as compreendia antes de lê-las. Mas ele não admitia. Ele estava sempre alegre. Tão fodidamente alegre que ela achava que talvez ele estivesse correndo perigo.

— Eu quero saber se você gosta de Walt Whitman ou de Byron ou de Keats ou de Sylvia Plath?

— Ah, certo. — Ela tomou outro gole do seu coquetel. — Bem, não tem comparação. Meu poema favorito é de Apollinaire.

— O que é isso?

Ela inclinou a cadeira para a frente e pegou a caneta que ele sempre prendia na camisa como se fosse um microfone.

— Me dá a sua mão.

Quando ele pôs a mão no joelho dela, a palma deixando uma marca de suor no vestido de seda verde, ela enfiou a ponta da caneta na pele dele com tanta força que ele deu um pulo. Ela era mais forte do que parecia, porque prendeu a mão dele e ele não conseguiu ou não quis retirá-la. Ela o estava machucando com sua própria caneta enquanto fazia uma tatuagem de tinta preta em sua pele.

> E
> S
> T
> Á
>   C
>   H
>   O
>   V
>   E
>   N
>   D
>   O

Ele fitou a mão dolorida.

— Por que você gosta tanto dele?

Ele levou a taça de champanhe aos lábios e enfiou a língua lá dentro, lambendo os últimos traços de polpa de morango.

— Porque está sempre chovendo.

— É mesmo?

— É. Você sabe que sim.

— Sei?

— Está sempre chovendo se você está triste.

A imagem de Kitty Finch numa chuva perpétua, caminhando na chuva, dormindo na chuva, fazendo compras e nadando e colhendo plantas na chuva o intrigava. Ele ainda estava com a mão no joelho dela. Ela não tinha posto a tampa de volta na caneta. Ele queria pedir a ela que devolvesse a caneta, mas em vez disso se virou oferecendo-lhe outro coquetel. Ela estava pensativa. Sentada muito ereta na poltrona de veludo com a caneta dele na mão. A pena dourada apontando para o teto. Pequenos diamantes de suor escorriam pelo seu longo pescoço. Ele foi até o bar e apoiou os cotovelos no balcão. Talvez ele devesse pedir aos empregados que o levassem para casa. Era impossível. Era um flerte impossível com a catástrofe, mas já tinha acontecido, estava acontecendo. Tinha acontecido e estava acontecendo de novo, mas ele devia lutar contra isso até o fim. Ele olhou para a chuva negra que ela rabiscara em sua mão e disse a si mesmo que ela estava lá para enfraquecer sua decisão de lutar. Ela era esperta. Ela sabia o que a chuva faz. Ela amolece coisas duras. Ele podia vê-la procurando algo dentro da bolsa. Ela segurava um livro, um dos seus próprios livros, e estava sublinhando algo na página com a caneta dele. Quem sabe ela era uma escritora extraordinária? Isso não lhe ocorrera. Quem sabe era isso que ela era?

    Joe pediu mais dois coquetéis do mês. O barman disse ao Monsieur que os levaria até eles quando estivessem prontos, mas ele ainda não queria voltar para a sua poltrona antiga. Ela de fato possuía um bom conhecimento de poesia. Para uma botânica. Por que ele não lhe dissera que já lera seu poema? O que o estava impedindo? Ele devia confiar em seu instinto de não revelar que havia lido a ameaça que ela enfiara no envelope? Ele levou as taças geladas para ela. Desta vez, Joe tomou sua champanhe de morango como se fosse uma caneca de cerveja. Ele se inclinou na direção dos lábios dela, úmidos de champanhe de morango, e a beijou. Como ela permitiu que ele a beijasse, ele tornou a beijá-la, seu cabelo grisalho se misturando com os cachos do cabelo vermelho dela. Os cílios claros cobertos de rímel roçaram no rosto dele enquanto ele segurava o pescoço comprido dela na palma de sua mão e sentia suas unhas pintadas de verde apertarem seu joelho.

— Nós estamos nos beijando na chuva. — A voz dela era dura e macia ao mesmo tempo. Como as poltronas de veludo. Como a chuva preta em sua mão.

Os olhos dela estavam fechados. Ele a estava levando na direção do pesado lustre austríaco no saguão. A cabeça dela estava girando e ela precisava de um pouco d'água. Ela pôde ouvi-lo perguntar ao recepcionista italiano se havia quartos vagos. Ela abriu os olhos. O italiano maneiroso levou os dedos ao teclado do computador. Sim, havia um quarto. Mas ele era decorado em estilo Luís XIII e não em estilo art déco, e não tinha vista para o mar. Joe entregou a ele seu cartão de crédito. O mensageiro conduziu-os até um elevador coberto de espelhos. Ele usava luvas brancas. Ele estava apertando botões. Ela olhou para os múltiplos reflexos do braço suado de Joe em volta de sua cintura, a seda verde do seu vestido tremulando enquanto eles subiam silenciosamente no elevador que cheirava a couro até o terceiro andar.

METÁFORAS

Madeleine Sheridan convidou formalmente Isabel para ir à Maison Rose. Ela lhe deu uma taça de xerez e disse a ela que ficasse à vontade na desconfortável *chaise longue*. Ela se sentou na poltrona em frente à jornalista e removeu delicadamente alguns fios de cabelo branco do seu copo de uísque. Seus olhos estavam turvos como a piscina da qual Kitty Finch havia se queixado com Jurgen, e ela achava que podia estar perdendo a visão. Isto a deixou ainda mais decidida a ajudar Isabel Jacobs a ver as coisas com clareza. A ajudá-la a entender que ser ameaçada com uma faca era uma coisa séria e, por estranho que pareça, ela sentiu uma dor aguda na garganta embora Kitty Finch não tivesse tocado realmente em sua garganta. Ela era muito mais a dra. Sheridan do que Madeleine quando explicou que havia telefonado para a mãe de Kitty, que iria chegar no domingo de manhã bem cedo. A sra. Finch viria de carro do aeroporto para a casa de veraneio para apanhar a filha e levá-la para casa. Isabel ficou olhando fixo para suas sandálias.

— Você parece convencida de que ela está muito doente, Madeleine.

— Sim. É claro que ela está.

Toda vez que Isabel falava, Madeleine Sheridan tinha a impressão de que ela estava lendo o noticiário. Sua missão de ajudar a exótica família Jacobs a ver as coisas como elas realmente eram estava em alerta máximo.

— A vida é algo que ela tem que fazer, mas que ela não quer fazer. Nina nos disse isso.

Isabel tomou um gole do seu xerez.

— Mas Madeleine... é só um poema.

A dra. Sheridan suspirou.

— A garota sempre foi doida. Mas que beleza, hein?

— Ela é mesmo muito bonita — Isabel disse essa frase meio sem jeito, como se isso a assustasse.

— Se me permite perguntar, Isabel... por que você convidou uma estranha para ficar na sua casa?

Isabel encolheu os ombros como se a resposta fosse óbvia.

— Ela não tinha onde ficar e nós temos cômodos sobrando. Quer dizer, quem precisa de cinco banheiros, Madeleine?

Madeleine Sheridan tentou penetrar na mente de Isabel Jacobs, mas o que viu lá foi um borrão. Seus próprios lábios estavam se movendo. Ela estava falando consigo mesma em francês porque as coisas que dizia eram menos adequadas à língua inglesa. Seus pensamentos estavam provocando um ruído duro em seus lábios, Kah Kah Kah, como se ela estivesse realmente obcecada por Kitty Finch, que, por algum motivo, era tão adorada por Jurgen e por todo mundo que ela conseguia manipular e intrigar. Nas últimas três semanas, ela havia observado a família Jacobs do melhor lugar do teatro, a cadeira escondida em sua varanda. Isabel Jacobs talvez tivesse empurrado Kitty Finch para os braços do seu ridículo marido, mas isso era uma coisa temerária de fazer porque ela ia perder a filha. Sim. Se o marido seduzisse a garota doente, seria impossível a vida voltar a ser o que era antes. Isabel ia ter que pedir ao marido para sair de casa. Nina Jacobs, como uma assassina, ia ter que escolher qual dos dois ela poderia dispensar. Será que Isabel não entendia que a filha já havia se adaptado à vida sem a presença da mãe? Madeleine Sheridan tentou fazer seus lábios pararem de se mover, porque eles diziam coisas muito desagradáveis. Ela conseguia vislumbrar o vulto de Isabel se agitando na *chaise longue*. Cruzando as pernas. Descruzando as pernas. O calor lá fora estava tão violento que teve que ligar o velho sistema de ar-condicionado. Ele gemeu sobre sua cabeça. Madeleine podia sentir (embora não pudesse ver) que Isabel era uma mulher corajosa. Quando estava na faculdade de medicina, ela observara mulheres treinando para ser cardiologistas, ginecologistas, especialistas em câncer de ossos. Então, elas tinham filhos e algo acontecia. Elas ficavam cansadas. O tempo todo. Madeleine Sheridan queria que aquela mulher elegante e enigmática sentada em sua sala desfalecesse, ficasse exausta, demonstrasse algum tipo de vulnerabilidade, precisasse dela e, acima de tudo, desse valor àquela conversa.

Em vez disso, a esposa traída enrolou os longos cabelos pretos nos dedos e pediu mais um xerez. Ela estava quase coquete.

— Quando você se aposentou, Madeleine? Eu já entrevistei muitos médicos trabalhando sob condições muito difíceis. Sem macas, sem luzes, às vezes sem medicamentos.

A garganta de Madeleine Sheridan estava doendo. Ela se inclinou para a mulher que estava tentando destruir, respirou superficialmente e esperou que as palavras viessem, algo sobre seu trabalho antes de se aposentar e a dificuldade de convencer pacientes de baixa renda a parar de fumar.

— Hoje é meu aniversário.

Ela ouviu a vozinha suplicante que saiu de sua boca, mas era tarde demais para tentar falar em outro tom. Se ela pudesse dizer aquilo de novo, teria sido num tom alegre, leve, achando graça por ainda estar viva. Isabel pareceu genuinamente surpresa.

— Parabéns! Se tivesse me dito, eu teria trazido uma garrafa de champanhe.

— Sim. Obrigada pela lembrança. — Madeleine Sheridan se ouviu falando de novo num inglês classe média apropriado.

— Alguém assaltou o meu jardim. Minhas rosas foram roubadas, e é claro que eu sei que Kitty Finch está muito zangada comigo.

A exótica esposa do poeta estava dizendo alguma coisa sobre como roubar uma rosa não era exatamente prova de insanidade e que estava ficando mesmo tarde e ela queria dar boa-noite para a filha. Da janela em frente, ela viu a lua cheia flutuando no céu. O que a esposa do poeta estava fazendo? Ela estava caminhando em sua direção. Ela estava se aproximando. Ela sentiu cheiro de mel.

Isabel Jacobs estava desejando feliz aniversário mais uma vez, e ela sentiu lábios mornos tocarem seu rosto. O beijo doeu tanto quanto as dores na garganta.

LÍNGUAS ESTRANGEIRAS

Nina estava dormindo, mas em seu sonho estava acordada, andando em direção ao quarto extra onde Kitty estava deitada na cama. O rosto dela estava inchado e o lábio rachado. Ela se parecia com Kitty, mas não muito. Ela ouviu Kitty murmurar o nome dela.

Nina chegou mais perto. As pálpebras de Kitty estavam cobertas de sombra verde. Elas pareciam folhas. Nina sentou-se na beira da cama. Kitty era proibida porque era perigosa. Ela fazia coisas perigosas. Nina engoliu em seco e forneceu algumas informações para a Kitty defunta.

Sua mãe está vindo buscá-la.

Ela colocou um camundongo azul de açúcar ao lado do pé de Kitty. Ele tinha um rabinho feito de barbante. Nina o achara debaixo da cama de Kitty.

E eu comprei sabonete para você.

Nina tinha visto Kitty procurar sabonete muitas vezes, mas não havia nenhum no banheiro dela, e ela disse que havia gastado todo o dinheiro dela no carro alugado.

Eu li seu poema. Acho que é brilhante. Foi a melhor coisa que eu já li na vida.

Ela citou os versos de Kitty para ela. Não como eles estavam no poema, mas como ela se lembrava deles.

Pulando para a frente com os dois pés
Pulando para trás com os dois pés
Pensando em maneiras de viver

As pálpebras de Kitty tremeram e Nina soube que havia entendido errado o poema e que não se lembrara dele direito. E então ela pediu a Kitty para pôr a língua para fora, mas Kitty estava falando com ela em iídiche ou talvez fosse em alemão e ela estava dizendo: — Levanta! — o que fez Nina acordar.

DINHEIRO É DURO

Ele pôs as mãos no pescoço dela e desamarrou a fita branca de cetim de sua capa de penas. A cama de colunas com cortinas douradas parecia uma caverna. Ela ouviu um alarme de carro disparar enquanto gaivotas gritavam no parapeito da janela e seus olhos olhavam fixamente para o papel de parede. As penas brancas da sua capa estavam espalhadas sobre o lençol como se esta tivesse sido atacada por uma raposa. Ela a comprara num brechó em Atenas, mas nunca a usara até agora. Um cisne era um símbolo do ano moribundo no outono, ela havia lido isso em algum lugar. Isso havia ficado em sua cabeça e a fizera pensar no modo como os cisnes enfiam a cabeça na água e viram de cabeça para baixo. Ela estava guardando a capa para alguma coisa, talvez para isto; era difícil saber o que tinha em mente quando trocou dinheiro pelas plumas que haviam protegido esta ave aquática do frio e que também eram feitas de penas que antigamente eram usadas para escrever. Ele estava dentro dela agora, mas ele estava dentro dela de qualquer maneira, foi isso que ela não conseguiu dizer a ele, mas ela havia dito isso a ele em seu poema que ele não lera, e agora o alarme do carro havia parado e ela podia ouvir vozes do lado de fora da janela. Um ladrão devia ter arrombado um carro, porque alguém estava varrendo vidro quebrado.

Após algum tempo, ele preparou um banho para ela.

Eles desceram para a recepção e ela ficou debaixo dos cristais do lustre austríaco enquanto Joe assinava alguma coisa com sua caneta. O recepcionista italiano devolveu-lhe seu cartão de crédito e o porteiro abriu a porta de vidro para eles. Tudo estava igual a antes, só que um pouco diferente. O pianista ainda estava tocando "Eleanor Rigby" no bar de onde eles haviam saído duas horas antes, só que agora ele estava cantando a letra. As palmeiras plantadas ao longo das duas pistas de tráfego estavam acesas com luzinhas douradas. Kitty sacudiu as chaves do carro e disse a Joe que esperasse enquanto ela comprava um camundongo de açúcar na barraquinha de bala do passeio. Os camundongos estavam enfileirados numa bandeja de prata. Rosa branco amarelo azul. Ela entrou na frente de uma mulher vietnamita que estava comprando marshmallows de morango e examinou os rabinhos feitos de barbante. No fim, ela escolheu um ratinho azul, deixando cair as chaves do carro quando procurava moedas dentro da bolsa. Quando eles chegaram ao carro, ela disse que estava com fome. Sua gagueira tinha voltado para atormentar ambos. Ele se importaria se ela parasse em algum lugar para uma pah pah pah? Boa ideia, ele disse, eu também gostaria de uma pizza, e eles encontraram um restaurante com mesas do lado de fora na noite quente ao lado de uma igreja. Era a primeira vez que ele a via comer. Ela devorou a pizza fina com anchovas e ele comprou outra para ela com alcaparras e eles tomaram vinho tinto como se fossem mesmo os amantes que não deviam ser. Ela brincou com as velas queimando sobre a mesa, fazendo impressões dos seus dedos na cera quente, e quando ele pediu uma a ela para guardar de lembrança, ela disse que suas impressões digitais já estavam sobre todo o corpo dele. E então ela lhe contou sobre o hospital em Kent e como as enfermeiras de Odessa comparavam suas marcas de dentadas de amor durante o intervalo de almoço. Ela havia escrito sobre isso também, mas não ia pedir a ele para ler — só estava contando a ele que ia fazer parte de sua primeira coletânea de poemas. Ele a serviu de salada e pôs alcaparras no prato dela e observou seus longos dedos molhando o pão no azeite.

Eles brindaram e ela disse que depois do tratamento de choque, quando ficava deitada nos lençóis brancos, ela sabia que os médicos ingleses não tinham apagado os pensamentos de sua cabeça etc., mas ele ia saber tudo sobre isso e por que falar nisso agora porque a noite era suave aqui nos becos da velha Nice em contraste com o dia, quando tudo era duro e cheirava a dinheiro. Ele concordou com tudo isso e, embora não lhe fizesse perguntas, ele sabia que de certa forma eles estavam falando sobre o poema dela. Duas horas depois, quando eles estavam no meio da estrada da montanha, Kitty se debruçou sobre o volante enquanto manobrava o carro pelas curvas perigosas, e ele olhou o relógio. Ela era uma motorista habilidosa. Ele admirou suas mãos firmes com as pontas dos dedos sujas de cera no volante enquanto ela dirigia o carro pelas curvas da montanha. Kitty buzinou quando um coelho atravessou a estrada e o carro deu uma guinada.

Ela pediu a ele que abrisse sua janela para ela poder ouvir os animais gritando uns para os outros no escuro. Ele abaixou o vidro e disse a ela que mantivesse os olhos na estrada.

— Está bem — disse ela, olhando de volta para a estrada. O vestido de seda escorregava dos ombros conforme ela se inclinava sobre o volante. Ele tinha uma coisa para pedir a ela. Um pedido delicado que ele esperava que ela entendesse.

— Seria melhor para Isabel ela não saber o que aconteceu esta noite.

Kitty riu e o camundongo azul balançou no seu colo.

— Isabel já sabe.

— Sabe o quê? — Ele disse que estava tonto. Será que ela podia ir mais devagar?

— Foi por isso que ela me convidou para ficar. Ela quer deixar você.

Ele precisava que o carro andasse devagar. Ele estava com vertigem e podia se sentir caindo embora soubesse que estava sentado no banco do carona de um carro alugado. Era verdade que Isabel tinha começado o início do fim do casamento deles e convidado Kitty Finch para ser a última traição? Ele não ousou olhar para baixo, para as cataratas rugindo contra as rochas nem para os arbustos agarrados nas encostas da montanha.

Ele se ouviu dizendo:

— Por que você não prepara uma mochila e vai ver os campos de papoula no Paquistão, como disse que tinha vontade?

— Está bem — disse ela. — Você vem comigo?

Ele levantou o braço que estava descansando nos ombros dela e olhou para as palavras que ela havia escrito em sua mão. Ele tinha sido marcado como o gado é marcado para mostrar a quem ele pertence. O ar frio da montanha queimava os seus lábios. Ela estava dirigindo depressa demais nesta estrada que um dia havia sido uma floresta. Humanos primitivos viveram ali. Eles estudavam o fogo e o movimento do sol. Eles liam as nuvens e a lua e tentavam entender a mente humana. Seu pai havia tentado dissolvê-lo numa floresta polonesa quando ele tinha cinco anos de idade. Ele sabia que não podia deixar nenhum traço ou vestígio de sua existência porque ele jamais poderia encontrar o caminho de casa. Era isso que o pai tinha dito a ele. Você não pode voltar para casa. Isso não era algo possível de saber, mas ele teve que saber assim mesmo.

— Por que você não leu meu pah pah pah?

— Meu bem — foi o que ela o ouviu dizer quando pisou no freio com seu sapato branco. O carro deu uma guinada em direção à beira da montanha. A voz dele estava realmente terna quando ele disse "Meu bem". Alguma coisa tinha mudado na voz dele. A cabeça dela estava zumbindo como se ela tivesse tomado quinze cafés espressos um atrás do outro. E depois comido doze torrões de açúcar. Ela desligou o motor, puxou o freio de mão e se recostou no assento. Finalmente. Finalmente ele estava falando com ela.

— É desonesto me dar um poema e fingir querer minha opinião quando o que você realmente quer são razões para viver. Ou razões para não morrer.

— Você também quer razões para viver.

Ele se inclinou na direção dela e beijou seus olhos. Primeiro o esquerdo e depois o direito, como se ela já fosse um cadáver.

— Eu não sou o leitor certo para o seu poema. Você sabe disso.

Ela refletiu sobre isso enquanto chupava seu camundongo azul.

— O importante não é morrer. É a decisão de morrer que importa.

Ele pegou o lenço para esconder os próprios olhos. Ele havia jurado nunca mostrar o medo e a inutilidade e o pânico em seus olhos para sua esposa e filha. Ele as amava, sua esposa e filha de cabelos escuros, ele as amava e jamais poderia dizer a elas o que havia muito trazia na mente. As lágrimas incômodas continuaram a se derramar de dentro dele assim como tinham se derramado de dentro de Kitty no pomar cheio de árvores sofredoras e cães invisíveis uivando. Ele precisava pedir desculpas por não abafar seus desejos, por não lutar contra eles até o fim.

— Sinto muito pelo que aconteceu no Negresco.

— O que aconteceu no Negresco que você lamenta ter acontecido?

A voz dela era suave, confiante e racional.

— Eu sei que você gosta de seda e eu usei um vestido de seda.

Ele sentiu os dedos dela no seu rosto úmido e sentiu o perfume dele nos cabelos dela. Aquela grande intimidade com ela o havia levado à beira de algo verdadeiro e perigoso. À beira de todas as pontes que ele havia atravessado nas cidades europeias. O Tâmisa correndo para leste pelo sul da Inglaterra e desaguando no Mar do Norte. O Danúbio que começava na Floresta Negra na Alemanha e terminava no Mar Negro. O Reno que terminava no Mar do Norte. Fazer sexo com ela o levara à beirada da linha amarela nas plataformas das estações de metrô e de trem onde ele havia ficado pensando nisso. Paddington. South Kensington. Waterloo. Uma vez no metrô de Paris. Duas vezes em Berlim. A morte havia estado em sua mente por um longo tempo. A ideia de se atirar em rios e trens durava dois segundos, um tremor, um espasmo, um piscar de olhos e um passo à frente, mas, até agora, um passo atrás de novo. Um passo atrás para cinco cervejas pelo preço de quatro, para assar uma galinha para Nina, para uma xícara de chá, Yorkshire ou Tetley's, nunca Earl Grey, para Isabel, que estava sempre em outro lugar.

Ele era o leitor errado para ela perguntar se devia viver ou morrer porque ele mesmo mal sabia. Ele se perguntou que tipo de catástrofe vivia dentro de Kitty Finch. Ela disse a ele que havia esquecido o que se lembrava. Ele queria fechar as portas como a loja de Mitchell e Laura em Euston. Tudo que abria devia fechar. Seus olhos. Sua boca. Suas narinas. Seus ouvidos que ainda podiam ouvir coisas. Ele disse a Kitty Finch que havia lido o poema dela e que desde então ele estava ressoando dentro dele. Ela era uma escritora de poder incomensurável e mais do que tudo ele esperava que ela fizesse as coisas que queria fazer. Ela devia viajar para a Grande Muralha na China, para a vitalidade e o sonho que existem na Índia, e ela não devia esquecer os lagos misteriosos e luminosos mais perto de casa na Cúmbria. Essas eram coisas pelas quais valia a pena viver.

Estava ficando escuro e ela disse a ele que os freios do carro alugado estavam ferrados, que ela não conseguia enxergar nada, que mal podia enxergar as próprias mãos.

Ele disse a ela que mantivesse os olhos na estrada, que fizesse apenas isso, e, enquanto ele falava, ela o beijava e dirigia ao mesmo tempo.

— Eu sei o que você está pensando. A vida só é digna de ser vivida porque temos esperança de que vai melhorar e de que vamos chegar em casa sãos e salvos. Mas você tentou e tentou e não chegou em casa são e salvo. Você simplesmente não chegou em casa. É por isso que eu estou aqui, Jozef. Eu vim para a França para salvá-lo dos seus pensamentos.

SÁBADO

NINA EKATERINA

Quando Nina acordou, assim que amanheceu no sábado de manhã, soube imediatamente que tudo havia mudado. As portas que davam para a sua varanda estavam abertas como se alguém houvesse estado lá durante a noite. Quando viu um quadrado de papel amarelo enrolado como um pergaminho sobre o seu travesseiro, ela compreendeu que seria mais prudente voltar a dormir e se esconder o dia inteiro. As palavras no papel amarelo foram escritas numa letra trêmula por alguém que estava com pressa e que obviamente gostava de escrever coisas. Ela terminou de ler o bilhete, desceu a escada e foi até as portas que davam para a piscina. Elas já estavam abertas, como ela imaginava que estariam. Ela sabia o que ia ver.

Havia algo flutuando na piscina, e isso não a surpreendeu. Olhando melhor, ela viu que o corpo de Kitty não estava exatamente flutuando, mas afundado verticalmente na água. Ela estava enrolada num roupão de lã xadrez, mas o roupão havia escorregado. O colchão amarelo bateu na borda da piscina e flutuou na direção do corpo. Ela chamou.

— Kitty?

A cabeça estava enfiada na água, virada para trás com a boca aberta. E então ela viu os olhos. Os olhos estavam vidrados e não eram os olhos de Kitty.

— Papai?
Seu pai não respondeu. Ela achou que ele estava fazendo uma brincadeira com ela. A qualquer segundo ele se levantaria da água e rugiria para ela.
— Papai?
O corpo dele era tão grande e silencioso. Todo o barulho que era seu pai, todas as palavras e balbucios e discursos dentro dele haviam desaparecido dentro d'água. Tudo o que ela sabia é que estava gritando, e subitamente portas começaram a bater e sua mãe tinha mergulhado na piscina. Mitchell mergulhou também. Juntos, eles puxaram o corpo desviando do colchão e, com dificuldade, tentavam tirá-lo da piscina. Nina ouviu a mãe gritar algo para Laura. Ela viu Mitchell deitar o corpo nas pedras e fazer pressão com as mãos para cima e para baixo sobre ele. Ela ouviu o som de água derramando quando sua mãe tirou o roupão de dentro da piscina. Ela não entendeu por que ele estava tão pesado, mas então ela viu a mãe tirar algo dos bolsos. Era uma pedra do tamanho da mão dela e tinha um buraco no meio. Nina pôde vê-la retirando mais três pedras que ela havia catado na praia com Kitty e ela pensou que devia ser mais tarde e que o sol estava se erguendo sobre a piscina porque a água havia mudado de cor. Ela estremeceu e procurou o sol no céu, mas não conseguiu vê-lo.
Mitchell enfiou os dedos na boca do pai de Nina. E depois apertou o nariz dele. Mitchell estava ofegante e beijando o pai dela sem parar.
— Eu não sei. Eu não sei.
Laura correu para dentro da casa gritando algo sobre o folheto informativo. Onde estava Jurgen? Todo mundo estava gritando por Jurgen. Nina sentiu alguém tocar na cabeça dela. Kitty Finch estava acariciando seu cabelo. E então Kitty a empurrou

para dentro e disse a ela que sentasse no sofá enquanto ela ajudava Laura a procurar o folheto informativo. Foi só isso que ela ouviu pelos cinco minutos seguintes. Onde estava a folheto informativo? Alguém viu o folheto informativo? Embora Nina ainda não tivesse certeza se era seu pai ou Kitty quem estava vivo ou morto, ela ficou sentada obedientemente no sofá, olhando para as gravuras de Picasso na parede. Uma espinha de peixe. Um vaso azul. Um limão. Foi só quando ela ouviu Laura gritando:
— É amarelo. O folheto informativo é um pedaço de papel amarelo — que ela percebeu que estava segurando um papel amarelo na mão e o sacudiu na direção de Laura. Laura pareceu espantada e então o tirou da mão dela e correu para o telefone. Nina a viu examinar os números.

— Eu não sei, Kitty. Não sei para qual ligar.

Kitty estava dizendo alguma coisa numa voz sem expressão.

— O hospital é em Grasse, no Chemin de Clavary.

Começou a chover. Nina viu que estava soluçando. Ela estava parada fora do seu corpo, olhando para si mesma ao lado das portas de vidro.

A ambulância e a polícia estavam chegando. Madeleine Sheridan também estava lá. Ela estava gritando com Mitchell.

— Vire a cabeça dele para cima, segure o nariz! — e Nina pôde ver os dedos dela apertando o pescoço do seu pai, tentando achar um pulso.

— Não o coloque na posição de recuperação, Mitchell. Eu acho que ele está com uma lesão na coluna.

E então ela ouviu a velha exclamar:

— Aí está...

Nina começou a soluçar na chuva porque ainda não tinha certeza do que acontecera. Quando correu para a mãe, ela percebeu que chorava muito alto. Soava um pouco como se fosse riso, mas não era. Seus dentes estavam aparecendo e ela podia sentir pontadas no diafragma. Ela estava com o rosto contraído, e quanto mais chorava mais contraía o rosto. Ela podia sentir a mãe abraçando-a, acariciando o seu pescoço. Sua mãe estava usando uma camisola, estava molhada e fria e cheirava a cremes caros. Quando era pequena, ela costumava fazer uma brincadeira mórbida que consistia em escolher qual dos pais ela preferia que morresse. Havia atormentado a si mesma com essa brincadeira e agora enterrou o rosto no estômago da mãe porque sabia que a havia traído.

A maciez dela contra o seu rosto a fez chorar ainda mais, e ela achou que a mãe sabia o que ela estava pensando porque ouviu-a murmurar em seu ouvido, de forma quase inaudível, como uma folha de outono girando no vento.

— Não faz mal, não faz mal.

Seu pai estava sendo colocado numa maca. A polícia começara a esvaziar a piscina. Jurgen estava lá também. Tinha uma vassoura na mão e estava varrendo vigorosamente em volta dos vasos de planta. Ele havia até conseguido vestir um macacão azul-marinho que o fazia parecer um empregado.

A INFORMAÇÃO

Isabel se aproximou dos paramédicos e segurou a mão de Jozef. A princípio ela achou que uma fileira de formigas estava marchando na direção de suas juntas. E então ela viu as vogais e consoantes feitas com tinta preta se chocando umas com as outras.

E
S
T
Á
C
H
O
V
E
N
D
O

Ela podia ouvir o zumbido das abelhas ali perto e se viu dizendo insistentemente que o marido precisava era de uma ambulância aérea, mas o que ela mais dizia era o nome dele.
Jozef. Por favor Jozef. Jozef. Jozef por favor.
Por que ele havia cortado a mão daquele jeito? Onde ele fez aquilo e como conseguiu suportar e o que aquilo queria dizer? Ela apertou os dedos dele e pediu que ele explicasse. Ela prometeu que, por sua vez, ela se explicaria. Ela ia fazer isso agora mesmo. Ela disse a ele que teria gostado de sentir o amor dele caindo

sobre ela como chuva. Aquele foi o tipo de chuva que ela mais desejou durante o longo e não convencional casamento deles. Os paramédicos disseram a ela que saísse do caminho, mas ela não se mexeu porque ela sempre saiu do caminho dele. Amá-lo tinha sido o maior risco da vida dela. A coisa, a ameaça estava espreitando em todas as palavras dele. Ela soubera disto desde o início. Ele havia enterrado bombas e granadas não detonadas nas estradas e trilhas de todos os seus livros, elas estavam sob cada poema, mas se ele morresse agora, sua filha iria viver num mundo irreparavelmente danificado, e ela estava furiosa com isso.

Jozef. Por favor Jozef. Jozef. Jozef. Por favor.

Ela de repente entendeu que alguém a empurrava e que ela estava sentindo cheiro de sangue.

Um homem grande, de cabeça raspada e com um revólver preso no cinto estava fazendo perguntas a ela. Para cada pergunta que ele fazia, ela não tinha uma resposta direta. Como era o nome do marido dela?

Jozef Nowogrodzki em seu passaporte. Joe Harold Jacobs em todos os outros documentos de identidade. De fato, ela não achava que o nome dele fosse Nowogrodzki, mas esse era o nome que os pais dele haviam escrito em seu passaporte. E ela não disse a ele que seu marido tinha muitos outros nomes: JHJ, Joe, Jozef, o poeta famoso, o poeta britânico, o poeta babaca, o poeta judeu, o poeta ateu, o poeta modernista, o poeta pós-Holocausto, o poeta mulherengo. E onde Monsieur Nowogrodzki havia nascido? Na Polônia. Em Lódz. Em 1937. Lódz em inglês se pronuncia *Wodge,* mas ela não sabia como dizer isto em francês. Os nomes dos pais dele? Ela não sabia soletrá-los. Ele tinha irmãos e irmãs? Sim. Não. Ele tinha uma irmã. O nome dela era Friga.

O inspetor parecia confuso. Isabel fez o que fazia melhor.

Ela transmitiu a informação a ele, só que já estava um pouco ultrapassada. Seu marido tinha cinco anos de idade quando foi contrabandeado para a Inglaterra em 1942, quase morto de inanição e com documentos falsos. Três dias depois que ele chegou, sua mãe e seu pai foram deportados junto com sua irmã de dois anos de idade para o campo de extermínio de Chelmno no oeste da Polônia. O inspetor, que não entendia muito inglês, levantou a mão na frente do rosto como se estivesse interrompendo o tráfego numa rua movimentada. Ele disse à esposa do poeta judeu que era triste que os alemães tivessem ocupado a Polônia em 1939, mas que ele precisava salientar que no momento ele estava tratando de uma investigação de homicídio nos Alpes Marítimos em 1994. Ela admitia que Monsieur Nowogrodzki ou Monsieur Jacobs deixara um bilhete de despedida para a filha? Ou se tratava de um poema? Ou era uma prova? O que quer que fosse estava endereçado a Nina Ekaterina. Ele guardou o folheto informativo amarelo dentro de um plástico. De um lado havia instruções sobre como operar a máquina de lavar louça. Do outro lado havia cinco linhas escritas com tinta preta. Estas eram aparentemente instruções para a filha dele.

Ainda não eram seis da manhã, mas a cidade inteira já ouvira a notícia. Quando Claude chegou a casa com um saco cheio de pão, Mitchell, que desta vez não estava interessado num pedaço, o mandou embora, seus olhos ainda ardendo do cloro na água turva. Os paramédicos gritavam instruções uns para os outros e Isabel disse a Nina que ela também estaria na ambulância. Eles iam enfiar tubos pelo nariz do pai dela e bombear o estômago dele até chegar ao hospital. A ambulância começou a descer a montanha. Nina sentiu-se sendo levada por Claude para a casa de Madeleine Sheridan, chamada de Maison Rose, embora fosse pintada de azul. No caminho, ela viu Jurgen com os braços em volta de Kitty Finch e quando ela ouviu Mitchell gritar: — Dê o fora daqui e não torne a voltar — todo mundo ouviu o que Kitty respondeu. Ela estava murmurando, mas era como se estivesse gritando, porque o que ela disse foi algo que todo mundo já sabia.

— Ele se matou com uma de suas armas, Mitchell.

O corpo grande de Mitchell estava dobrado ao meio. Alguma coisa estava acontecendo com seus olhos, narinas e boca. Lágrimas, catarro e saliva saíam dos buracos em seu rosto. Sem que um tiro tivesse sido disparado, o rosto dele tinha cinco buracos. Buracos para respirar, olhar, comer. Todo mundo olhava para ele, mas o que ele via era um borrão. Eles eram um grupo de pessoas cheias de buracos, igualzinho a ele. Como ele ia se proteger da turba quando ela o estava acusando? Ele ia contar a verdade à polícia. Quando a arma persa de ébano desapareceu, ele achou que a garota doida a tivesse roubado para castigá-lo por caçar animais. O telefone estava tocando e depois parou de tocar, e ele podia ouvir Laura chorando. Seus músculos doíam de puxar o corpo para fora da água. Ele era tão pesado. Tão pesado quanto um urso.

NINA JACOBS

LONDRES, 2011

Sempre que eu sonho meu sonho do século vinte sobre meu pai, eu acordo e esqueço imediatamente minhas senhas para EasyJet e Amazon. É como se elas tivessem desaparecido da minha cabeça e entrado na cabeça dele, e em algum lugar no século vinte e um ele está sentado comigo num ônibus atravessando a London Bridge vendo a chuva cair na chaminé do Tate Modern. As conversas que tenho com ele não pertencem a este século de jeito nenhum, mas ao mesmo tempo eu pergunto a ele por que nunca me contou realmente a verdade a respeito da sua infância. Ele responde que espera que a minha própria infância não tenha sido muito ruim e pergunta se eu me lembro das gatinhas. Nossas gatinhas (Agnieska e Alicja) sempre tiveram um cheiro um tanto selvagem, e o prazer da minha infância era penteá-las com a escova de cabelo do meu pai. Elas se deitavam no meu colo e eu penteava seu pelo enquanto elas ronronavam e batiam na minha mão com suas patas macias. Quando eu chegava perto do rabo delas, o pelo estava embaraçado porque elas ainda eram jovens demais para se lamber até ficarem limpas. Às vezes eu deixava as bolas de pelo no sofá e meu pai fingia engoli-las. Ele abria bem a boca e fingia que havia engolido uma bola e que ela havia ficado presa em sua garganta e ele estava sufocando. Meu pai passou a vida tentando entender por que as pessoas tinham sapos em suas gargantas, borboletas no estômago, agulhas e alfinetes nas pernas, um espinho enfiado do lado, uma lasca de madeira no ombro e se elas tivessem de fato cuspido bolas de pelo, ele as teria estudado também.

Não, ele diz. Eu não teria estudado as bolas de pelo.

Nós concordamos que ele e eu aprendemos a nos virar juntos. Ele lavava minhas túnicas, minhas meias-calças e camisetas, pregava botões nos meus casacos, procurava meias perdidas e insistia que eu nunca deveria ter medo de pessoas que falavam sozinhas nos ônibus.

Sim, meu pai diz. É isso que você está fazendo agora.

Não, eu respondo, não é isso que eu estou fazendo agora. Eu não estou dizendo alto o que estou pensando. Isso seria maluquice. Ninguém neste ônibus pode me ouvir falando com você.

Sim, ele diz, mas de qualquer maneira não faria diferença porque todo mundo está falando alto em seus telefones.

Eu ainda tenho a toalha de praia que ele comprou para mim numa loja de suvenires em Nice. As palavras *Côte d'Azur Nice Baie des Anges* voam num imenso céu azul, numa luminosa letra amarela. Turistas na praia parecem pontinhos pretos e logo atrás dela tem uma rua ladeada de palmeiras. À direita está a cúpula cor-de-rosa do Hotel Negresco com uma bandeira francesa tremulando no céu azul. O que está faltando é Kitty Finch com seu cabelo cor de cobre caindo na cintura, esperando meu pai ler o poema dela. Se ela tinha o nome de um pássaro, é possível que estivesse fazendo um chamado estranho, talvez um chamado de emergência para o meu pai, mas eu não posso pensar nela, nem nas pedras que catamos juntas, sem querer cair para fora do mundo pelos seus buracos. Então eu vou substituí-la pelo meu pai andando pela quinta maior cidade da França, passando por seus monumentos e estátuas para comprar um favo de mel para a minha mãe. O ano é 1994, mas meu pai (que está com um sorvete e não um telefone na mão) está tendo um conversa com ele mesmo, e provavelmente é algo triste e sério que tem a ver com o passado. Eu nunca entendi quando o passado começa ou onde ele termina, mas se cidades mapeiam o passado com estátuas feitas de bronze imobilizadas para sempre numa posição digna, por mais que eu tente fazer o passado ficar imóvel e se comportar com educação, ele se movimenta e fala comigo todo dia.

Da próxima vez que eu estiver sentada num ônibus atravessando a London Bridge e a chuva estiver caindo nas chaminés da Tate Modern, preciso dizer ao meu pai que quando eu leio biografias de pessoas famosas só me interesso quando elas escapam de suas famílias e passam o resto da vida superando esse fato.

É por isso que quando eu dou um beijo de boa-noite na minha filha e desejo que ela tenha bons sonhos, ela entende que o meu desejo é de bom coração, mas ela sabe, como todas as crianças sabem, que é impossível os pais determinarem como devem ser os nossos sonhos. Elas sabem que seus sonhos precisam levá-las além da vida e depois trazê-las de volta, porque a vida sempre precisa nos ganhar de volta. Mesmo assim, eu sempre digo isso.

Eu digo isso toda noite, especialmente quando chove.

Impressão e Acabamento:
GRÁFICA STAMPPA LTDA.
Rua João Santana, 44 - Ramos - RJ